NuoveVoci
VITE | BIOGRAFIE

Stefania Pistelli

Un perfetto squilibrio

Albatros

www.gruppoalbatros.com - info@gruppoalbatros.com

ISBN 978-88-306-1059-0
I edizione novembre 2019

Finito di stampare nel mese di novembre 2019
presso Rotomail Italia S.p.A. - Vignate (MI)

Distribuzione per le librerie **Messaggerie Libri Spa**

Un perfetto squilibrio

Ai miei genitori

♥

Ai miei figli

PREMESSA

Sono un avvocato, una tra tanti, uno dei tanti in Italia. Mi sono laureata con grande entusiasmo e una settimana dopo avevo già iniziato a lavorare come praticante presso uno studio legale. Purtroppo mi ci è voluto veramente poco tempo per capire che non avrei mai fatto strada in quel mondo di lupi, in cui regnava il Dio denaro e null'altro.

Avevo voluto diventare un avvocato per difendere gli innocenti ma subito mi fu chiaro che l'innocente non esisteva.

Ho voluto in ogni caso praticare la mia professione per cercare di tutelare i più deboli, in particolare i figli minori delle coppie che si separavano. Ho sempre cercato un accordo dei coniugi e delle condizioni conformi alle esigenze dei figli.

Sì, forse sono l'esempio tipico dell'"avvocato delle cause perse" ma non avrei potuto fare altrimenti. La mia coscienza mi comanda e mi obbliga a tutelare chi è più debole.

In più di venticinque anni di professione mi sono capitate situazioni molto particolari ma la storia che più mi ha coinvolto è quella di una donna di nome Margherita. Ho deciso di raccontare quanto accadutole perché penso che possa essere di esempio e di aiuto per tutti i giovani di oggi e a chiunque in genere.

La storia di Margherita narra di una condizione di sofferenza e deliri, di paure e solitudine, d'infelicità e indecisioni; condizione nella quale tutti potremo ritrovarci o addirittura riconoscerci.

Ho conosciuto Margherita tre anni fa. È una bella donna,

acqua e sapone, colta e molto educata. Laureata in sociologia, è la direttrice di una grande catena di librerie.

Sembrava serena.

Venne da me perché aveva deciso di rivolgersi ad un professionista di fiducia che si impegnasse a conoscere i dettagli della sua vita e a difenderla nel caso in cui qualcuno avesse voluto farla dichiarare incapace di intendere e di volere. Era da troppo tempo che la designavano come pazza.

Ma principalmente, e di maggior importanza, si rivolse a me affinché mi impegnassi in caso di necessità a spiegare ai suoi due figli come fossero andate realmente le cose.

Era da troppo tempo che non stava bene e che le dicevano che fosse una pazza ma non aveva il coraggio di spiegare tutto ai suoi figli appena adolescenti... o forse ne aveva semplicemente vergogna.

Mi confidò poi che per lei era troppo faticoso e doloroso raccontarmi ciò che avrebbe voluto e mi disse che mi avrebbe inviato un manoscritto nel quale mi avrebbe specificato quanto più possibile così da poterlo tenere custodito.

Mi chiese infine di non giudicarla, ma solo di leggere ciò che avrebbe scritto e di mettere il tutto da parte per ogni evenienza.

Una cosà però me la volle dire e spiegare a voce e cioè che della sua storia aveva volontariamente tenuto all'oscuro la sua famiglia di origine perché non voleva farli soffrire e perché il suo disagio era troppo forte.

Ovviamente la mia risposta fu affermativa e cercai di rincuorarla sul fatto che mai mi sarei permessa di giudicare la sua vita e che sarei stata pronta in qualsiasi momento a prendere le sue difese in qualsiasi sede.

Ci salutammo con forte e lungo abbraccio che esprimeva tutta l'empatia e la fiducia che era nata tra noi.

Il suo manoscritto mi venne recapitato una ventina di

giorni dopo. Lo misi da parte e lo aprii solamente nel tardo pomeriggio quando il telefono smise di squillare. Volevo leggerlo con calma e senza disturbi esterni.

Spensi il cellulare, dissi alla segretaria di non passarmi telefonate, e cominciai a leggere quanto scritto con una grafia molto fitta e tondeggiante, come se fosse una pagina di un diario di scuola di una ragazzina di terza media.

PARTE I

Carissimo Avvocato, per cercare di spiegare al meglio quanto mi è poi accaduto, penso siano necessarie alcune precisazioni che risalgono a molto tempo fa.

Sono sempre stata una ragazza più o meno tranquilla, normale... penso. Oppure no, non è vero; sono sempre stata perlopiù inquieta e agitata. Forse in realtà la follia era da sempre insita in me.

Ho vissuto in una famiglia piena di allegria e di amore. Da bambina mi sembra che fossi come tutti gli altri bimbi. Mi ricordo solo di terrificanti angosce quando aspettavo il ritorno dei miei genitori e non arrivavano. La paura era talmente forte che chiudevo gli occhi sperando di svenire, oppure trattenevo il fiato per evitare di cominciare ad urlare e piangere senza fine.

Ma, a parte questo, mi sembrava che fossi come tutti gli altri bimbi.

Ah, no… dimenticavo di dirle che a volte, la notte, scambiavo il rumore del silenzio con immaginari rumori di passi di ladri che volevano entrare in casa nostra, così obbligavo mio padre a sedere accanto a me sino a quando non riuscivo a addormentarmi; e sì, è vero, avevo anche il terrore di partire, qualunque fosse la destinazione. Quando ci recavamo in aeroporto facevo finta di niente ma era come se mi stessero gettando nel nulla.

Ma, a parte questo, mi sembra che fossi come tutti gli altri bimbi.

Effettivamente le cose cominciarono a farsi più complicate durante il periodo dell'adolescenza.

È vero forse non ero una ragazza comune, ma, certamente nemmeno una folle.

Andavo a scuola, studiavo, mi divertivo a stare con gli amici, a leggere libri e a fare sport.

Devo ammettere però che la leggerezza della mia adolescenza era lievemente turbata dal nascere di piccole fissazioni che non mi permettevano di godere appieno del momento.

Fissazioni stupide... tipo... se non controlli per sette volte consecutive che la porta di casa sia chiusa arriveranno i ladri; se non controlli per sette volte consecutive che il gas sia chiuso scoppierà tutta la casa.

Purtroppo dopo ciò che mi accadde queste manie che prima potevano essere un segno d'insicurezza, pian piano, divennero sempre più numerose fino ad arrivare a una totale perdita di controllo di me stessa.

In ogni caso, no, non posso dire che fossi tanto strana. Sicuramente con delle fissazioni, ma non troppo strana.

Non mi truccavo, non portavo tacchi alti, non andavo in discoteca. Adoravo stare in compagnia degli amici e fare tanto sport, in particolare nuotare e correre sotto la pioggia. Ero una semplice ragazza acqua e sapone. Molto decisa, autosufficiente e piena d'impegni.

Mi divertivo tanto anche se, devo ammettere, in me c'era sempre una lieve angoscia che a volte e improvvisamente mi rendeva triste, malinconica.

Però pazza no! Glielo giuro.

Le racconto queste cose perché nulla poteva prevedere ciò che mi sarebbe accaduto, anzi tutto sembrava andare per il meglio ed ero particolarmente concentrata nello studio.

Se fossi nata negli anni 2000 mi avrebbero sicuramente diagnosticato la sindrome da iperattività e deficit di attenzione. Effettivamente era molto difficile per me stare in classe ferma e, soprattutto, concentrata.

Più crescevo è più mi sentivo agitata, sensazione che placavo frequentando il mio gruppo di amici e assumendo alcolici. Probabilmente un po' troppo alcolici.

La mia salvezza fu che incanalai nello studio tutta la mia maniacalità. Volevo laurearmi in breve tempo e mi dedicai anima e corpo nello studio salvandomi così da interessi negativi.

E poi improvvisamente conobbi Lui, il grande amore della mia vita.

Lui era più grande di me di cinque anni, buono, leale, sincero e amato da tutti. Era molto silenzioso ed io attribuii tale silenzio a profondità d'animo e sensibilità.

Non trovo le parole esatte per descriverle quanto e, soprattutto, come lo amassi. Diciamo che mi affidai a Lui con tutto il corpo e la mente, senza alcuna paura.

Mi donai totalmente a Lui.

Lui organizzava gli impegni ed io lo accompagnavo con chiunque e ovunque volesse andare. Non mi ricordo di discussioni. Mi ricordo che ci piaceva stare insieme anche senza fare niente e che spesso prendevamo la macchina e partivamo per andare fuori città e cantavamo come dei matti a squarciagola le più belle canzoni italiane.

Anche Lui mi amava, ne sono certa, ma io mi annullai proprio per lui come non avevo mai fatto prima e come non è giusto fare. Decideva Lui cosa fare, quando e con chi. A me andava bene qualsiasi cosa decidesse, bastava che stessimo insieme e che mi tenesse la mano.

Sì, perché lui mi teneva sempre la mano, e me la stringeva come per dire di non preoccuparmi, che lui era accanto a me.

Vorrei anche solo per un attimo riprovare quella sensazione di protezione che sentivo nell'essere tenuta per mano da Lui.

Questo continuo toccarsi era per me una novità, anzi io ero sempre stata la prima a criticare un tale comportamento in una coppia, mentre ora ne ero diventata schiava.

Non si può esprimere a parole una così tanta felicità. Lo amavo, lo adoravo. E Lui amava me, ne sono certa.

****

Era maggio, andammo fuori città per un fine settimana. Ci recammo al mare e alloggiammo in un piccolo albergo tutto bianco con grandi finestre azzurre.

Dopo una bellissima giornata di sole tiepido arrivò la sera.

C'era la luna piena ed in camera, aprendo la finestra, rifletteva sul nostro letto.

Io cominciai a canticchiare le parole della canzone "tintarella di luna", Lui mi prese per la vita e cominciammo a ballare cantando insieme e poi, facemmo l'amore e dormimmo abbracciati per tutta la notte.

Dio quanto ero felice, nulla mi sarebbe potuto accadere con Lui accanto. Ero destinata ad una vita di eterna felicità.

Ancora oggi il ricordo di quella serata è così vivo nella mia mente e nel mio cuore che se mi capita di ascoltare quella canzone abbasso gli occhi, mi commuovo e il mio cuore piange.

Poi Lui partì per circa un mese.

Al suo ritorno ero così felice che andammo subito a casa per stare insieme. Volevo condividere con lui la mia gioia di vederlo ma, anche, una piccolissima preoccupazione poiché avevo un leggero ritardo mestruale e, per eccessiva precauzione, volli acquistare un test di gravidanza in farmacia.

Arrivati in casa andai immediatamente in bagno. Non ero assolutamente preoccupata ma era anche vero che non avevo mai avuto ritardi in tutta la mia vita.

Neanche finii di fare la pipì sopra lo stick che questo cominciò a diventare tutto rosa e poi divenne tutto rosa pallido con due nette e insindacabili strisce rosa scure parallele.

Non credevo ai miei occhi. Ero incinta. Aspettavo un bambino dal mio grande amore. La felicità mi esplose nel cuore e corsi a dirlo a Lui.

Già Lui, il mio grande amore. Il mio amore sensibile e buono.

Mi guardò serio, quasi infastidito, e mi disse:

"Bene, cerca di risolvere il problema il più presto possibile e senza tragedie." Il mio cuore cessò di battere.

"Ma perché?" dissi io come una bambina stupida. Il "problema", il "nostro bambino" il mio grande amore. È incredibile come una donna percepisca velocemente il proprio ruolo di mamma.

"Perché non è il momento giusto... non siamo sposati.... mia madre ci rimarrebbe male... adesso devo pensare al lavoro".

"Ma è un bambino" replicai.

"Ma che dici non è un bambino, è solo una cellula".

Fine del discorso.

A quel punto era come se qualcuno mi avesse dato un violentissimo colpo in testa.

Non è il momento giusto? Non siamo sposati? Mia madre ci resterebbe male? Devo pensare al lavoro? È solo una cellula?

Ma non eri il mio amore? Non eri buono e sensibile?

Eppure dovevo fare come diceva Lui perché era il mio grande amore, che mi teneva sempre per mano, organizzava la mia vita e mi rendeva felice. Non finirò mai di odiarmi per questa mia sudditanza.

Quasi priva di sensi mi misi a dormire e non parlammo più.

Il giorno successivo andai a fare le analisi del sangue per avere la certezza di ciò che aveva bruscamente sentenziato il test fai da te.

Per avere il risultato dovevano passare tre giorni. Giorni di silenzio tra noi, passati ognuno preoccupandosi delle proprie cose.

Andai a ritirare il risultato delle analisi ovviamente da sola. Anzi a dire il vero mi sembra che da quel momento in poi per tutta la mia vita abbia fatto tutto sempre maledettamente da sola.

Aprii la busta appena uscita dal centro e con grande ansia lessi il risultato.

Era positivo, ero incinta, era vero. Trattenni con fatica un urlo di gioia e la felicità scoppiò di nuovo nel mio cuore.

Avevo il motorino ma ci salii perplessa perché non sapevo se in stato di gravidanza si potesse usare. E, evitando ogni piccola buca o rami di alberi per non far male a ciò che avevo dentro di me, tornai a casa con il cuore che mi scoppiava dalla gioia, quando improvvisamente mi ricordai che dovevo velocemente risolvere il problema, senza tragedie.

La ginecologa fissò, a trenta giorni dopo, la data per l'interruzione volontaria di gravidanza.

Per me furono trenta giorni sopraffatti dalle emozioni più diverse. Alcuni momenti pensavo a quanto avrei potuto essere felice se non ci fossero stati tutti gli impedimenti elencati da Lui; in altri momenti mi obbligavo a non pensare e decidevo di farmi trasportare dal mio amato e basta.

Osservavo in solenne silenzio e in solitudine le piccole modifiche del mio corpo che già accennavano a mostrarsi. Il seno cominciava ad essere più grande, turgido e duro... era bellissimo... la mia pancia era tesa dura... mi sentivo bellissima.

Anzi, no, ero bellissima con quel viso felice e gli occhi lucidi tipici delle donne in gravidanza....

Il mio corpo urlava gioia ma la mia mente la sopprimeva.

Non lo so perché non presi posizione, non lo so perché

feci ciò che mi diceva Lui senza contestare nulla. Anzi, in verità lo so perfettamente perché seguivo ciò che mi veniva detto.

Fu per amore. Un amore immenso che pensavo non potesse mai farmi del male. Un amore che di per sé era malato perché il vero amore non ti annulla e non dà ordini.

Solo dopo svariati anni ho compreso che ciò che credevo di amare in realtà era solo il frutto delle mie proiezioni. Lui non era come avevo pensato che fosse ma io non lo avevo capito e, per tenerlo vicino a me ho commesso l'atto più grave di tutta la mia vita.

Inesorabilmente il giorno stabilito arrivò. Andammo silenziosamente insieme, ma mano nella mano, in un consultorio pubblico al piano terra di un bruttissimo palazzo di uno squallido quartiere, dove avremmo incontrato la dottoressa che avrebbe eseguito l'intervento.

Mi ritrovai in una piccola stanza con altre quattro donne sconosciute ma unite dal medesimo destino.

Due erano signore mature, una addirittura già nonna, che non ritenevano opportuno mettere al mondo altri figli considerata la loro tarda età; riguardo le altre due una aveva sedici anni, impaurita e piagnucolosa, l'altra aveva circa venti anni e non sapeva chi fosse il padre.

Io ero l'unica che aveva tutte le "carte in regola" per non essere lì. Una delle due ragazzine mi chiese, infatti, cosa ci facessi in quel posto anche perché aveva visto il mio Lui che mi accompagnava. Io blaterai d'impedimenti, di gravissimi impedimenti, per colpa dei quali dovevo fare ciò che stavo per fare.

Arrivò improvvisamente un'infermiera non troppo alta e di corporatura massiccia. Aveva tanti capelli corti ricci e neri e una faccia grandissima che diventava tutta rossa quando parlava. Anzi no, lei non parlava, strillava solo e difatti venne verso di noi gridando in malo modo: "Tra poco cominceremo gli interventi. Se avete dei dubbi ditelo subito. Non fate poi che in camera operatoria cominciate ad urlare frasi del tipo 'no, no, voglio il mio bambino'. Chiaro? Noi siamo qui per lavorare, non per perdere tempo".

E io cominciai a piangere, e da allora non ho mai smesso.

Mi fecero entrare per prima in una stanza grandissima e fredda ove c'era solamente in centro una sedia ginecologica, un carrellino sul quale erano posati dei ferri chirurgici e un attrezzo strano, mai visto prima. Sembrava un aspirapolvere con un beccuccio molto piccolo. Era di acciaio, freddo, pauroso.

Mi tornò in mente il film "Il silenzio degli innocenti" e avevo una paura matta.

E lì cominciò tutto, anzi, finì tutto.

Lui aveva detto che tanto era solo una cellula... ma allora perché prima che accendessero quella macchina infernale mentre mi facevano un'ecografia sentii il battito del cuore del nostro bambino?

Lo sentivo il battito. Era veloce, velocissimo. Sembrava un puledro che volesse scappare via. Poi accesero l'attrezzo, io continuavo a sentire il battito sempre più forte, sì, corri bambino mio, corri via da una madre che non ti ha difeso, che non ha avuto il coraggio di metterti al mondo. E poi il battito sparì e con lui morì per sempre la mia anima.

Io il battito l'ho sentito, sà Avvocato, e da allora lo porto nel mio cuore, nella mia anima, nella mia coscienza.

Sangue, sangue, litri di sangue uscirono dal mio corpo.

Lacrime amare uscirono dai miei occhi, copiose e interminabili.

Le giuro Avvocato che non voglio fare una campagna

contro l'aborto. Io sono assolutamente favorevole all'interruzione volontaria di gravidanza e sono contenta che chi voglia far ricorso a tale strumento non debba affidarsi ad associazioni segrete e contra legem.

È un sacrosanto diritto delle donne per il quale hanno a lungo combattuto e che deve essere difeso.

Le ho parlato di questo evento perché a me personalmente, in quelle determinate circostanze, ha provocato dolore, perché ho preso una decisione importante troppo alla leggera e in base a quanto deciso dall'uomo che amavo.

Volevo solo dire che è un'esperienza che ti logora e che ti cambia la vita per sempre, che potrebbe essere un trauma.

E, ciò che più di tutto vorrei evidenziare è che un trauma, ogni cosa che ti provoca dolore, può portarti a un grado di sofferenza tale da diventare malata, come poi è successo a me.

La ginecologa aveva detto di rifare le analisi del sangue dopo 15 giorni per controllare che l'intervento fosse andato a buon fine.

Quando me lo disse fui estremamente contenta perché, delirante, speravo che ciò che io avevo voluto eliminare fosse più maturo di me e fosse rimasto in vita, che fosse rimasto per ciò che era, un piccolo bambino.

Feci le analisi e, quando ritirai le risposte, pregai prima di aprirle... "ti prego Signore fa che ci sia ancora, ti prego" ma tra le lacrime lessi che era tutto finito.

E poi tornammo alla vita di sempre, senza mai più parlare dell'accaduto.

Ma qualcosa si era rotto tra noi, qualcosa si era annientato in me.

****

Il mio primo attacco di panico lo ebbi esattamente la data

di nascita della mia adorata nipotina Dadà, il crollo della mia mente cominciò quando la vidi e la presi in braccio per la prima volta.

Mia sorella stava riposando e io mi avvicinai piano piano alla sua culla. Era sera e la clinica era semibuia, silenziosa, praticamente deserta.

Rimasi a guardarla per tanto tanto tempo così piccola e indifesa ma al contempo così... viva.

Io non avevo grande dimestichezza con i neonati, anzi devo confessarle che non ne avevo mai preso uno in braccio per paura di farlo cadere. E comunque non mi provocavano nessuna emozione.

Dadà è stata la prima.

Mia sorella dormiva e io completamente sola la presi in braccio, la guardai, la annusai, la sentii respirare. Accostai per lungo tempo il mio orecchio al suo cuore. Era viva; era stata una cellula... e ora era viva; la testa cominciò ad ovattarsi e cominciò a mancarmi l'aria... non respiravo più... non vedevo più... la terra crollò... e il mio cervello esplose.

In un attimo divenni pazza.

Non so nemmeno io come ma riuscii a rimettere la mia nipotina nella culla senza farle del male e scappai via fuori lontano da lei.

Fu il mio primo attacco di panico, o meglio, ora so che si trattava di attacco di panico, ma allora non sapevo assolutamente cosa fosse.

Già... gli "attacchi di panico", cominciarono ad uccidermi piano piano e neanche sapevo come si chiamassero.

Il mio primo attacco di panico l'ho avuto quando vidi la prima volta la mia nipotina.

Lei, mia nipote, che tanto amo e che è nata dopo il figlio che non ho fatto nascere. La mia nipotina, ora so che avevo paura di lei perché ero convinta che potesse leggere nei miei occhi il fatto commesso. Lei che nel corso degli anni, con una tenerezza particolare e con l'amore che provava particolarmente per me, mi ha fatto capire che potevo perdonarmi e che il figlio non nato viveva comunque nella mia anima e nel mio cuore.

Ricordo un giorno che venne a casa nostra, con quella tutina a quadretti bianca e azzurra, che era da maschietto ma che il nonno si era ostinato a comprare; quel giorno ero particolarmente a pezzi ma la portai con me nella mia camera.

La guardavo e non sapevo cosa fare e cosa dirle.

Fortunatamente era distratta dai mille oggetti colorati che si trovavano ovunque nella stanza.

La guardavo in silenzio e cominciai a piangere piano, perché non volevo che se ne accorgesse, ma fu lei a guardarmi con quei quegli occhi scintillanti e con il sorriso sdentato più bello del mondo. Mi toccò la guancia quasi fosse una carezza era come se mi dicesse "non ti preoccupare, pensa a me, guarda me, ci sono io per te" , e il mio dolore si placò per un istante e si trasformò in amore infinito per lei.

****

Un mesetto dopo io e il mio Lui andammo a Ponza e alloggiammo in una stanza che si trovava di fronte al porto. Ricordo che era una giornata poco soleggiata e molto ventosa.

Di notte il vento si alzo ancor di più e soffiando sulle tante barchette a vela si creò come una musica, come un concerto movimentato e ripetitivo. Improvvisamente quel rumore mi svegliò e mi penetrò nella testa; mi sembrava un insieme di pianti di bambini neonati, continui e impauriti. Scoppiai a piangere terrorizzata e svegliai il mio Lui e gli dissi che avevo paura, che quel suono mi spaventava ma non ebbi il coraggio di dire esattamente quello che mi sembrava. Il terrore era entrato in me e ciò non mi fece essere più ciò che ero.

Un paio di mesi più tardi andammo a trovare una nostra cara amica che aveva partorito. Durante la visita improvvisamente cominciò a mancarmi l'aria e a girarmi la testa. Le gambe non mi tenevano più ed io avrei voluto buttarmi a terra e urlare a squarciagola. Tentai di andarmene in silenzio ma il mio Lui mi raggiunse e, non capendo, tentò di farmi rientrare ma io scoppiai a piangere e urlai "perché non mi capisci" senza far riferimento a qualcosa in particolare.

E pochi giorni dopo un altro attacco di panico a casa di amici, con lei a letto in lacrime perché aveva involontariamente perso un bambino al secondo mese di gravidanza, e il mio lui che l'abbracciava con tenerezza e io chiusa in bagno a vomitare.

Ancora non lo sapevo ma quegli attacchi segnarono la fine della mia spensieratezza e l'inizio di una lunga agonia, fatta di paure, angosce, terrore e una dannata solitudine.

Già perché prima di allora il concetto di paura non lo avevo mai provato così intimamente. Ma una volta che lo provi, che senti di stare per morire, che tutto ciò che hai ti crolla addosso e non ti permette di respirare, ne diventi succube per sempre.

Fu un periodo di tremenda e continua sofferenza che riuscivo a placare solamente bevendo alcol tanto da stordirmi e riuscire a non pensare a ciò che in maniera così superficiale avevo fatto. Provai anche a fumare canne.

Se ci ripenso adesso, per un motivo o per l'altro, il fatto di andare a letto ubriaca o stordita dalla droga divenne un'abitudine, un rifugio sicuro ove il mio dolore si poteva solo assopire un po'. Ma era un rifugio che mi avrebbe portato all'annientamento totale.

Inevitabilmente ci stavamo allontanando. Già perché io non avevo il coraggio di spiegargli l'amore che avevo provato nei confronti di una semplice cellula. Non potevo dirgli cosa avevo pensato e che la cellula si trovava nel suo cervello.

Non riuscivo a pensare che avevo distrutto quella che avrebbe dovuto essere la mia vita con lui che continuava a non capire dove fosse il problema.

L'estate successiva saremmo dovuti andare con tutta la sua famiglia in Sicilia a girare con il gommone le isole Eolie.

Per la prima volta da quando ci mettemmo insieme non ero sicura di voler partire con lui. Io gli chiedevo continuamente di fare qualcosa per il nostro amore, ma lui non capiva cosa volessi dire. Non lo sapevo nemmeno io. Nulla si poteva fare, penso.

Alla fine partii con lui e arrivammo sull'isola di Vulcano. Non ricordo quasi niente di cosa feci o cosa dissi. Mi ricordo solamente il sole in testa, tanto silenzio e persone zitte che andavano da qualche parte.

È strano ma non ricordo nessun rumore, nessuna voce, come se il mio cervello si trovasse nel profondo di quel mare buio e di quelle isole.

Avevo tentato di nuotare il pomeriggio, come mio solito, ma vedere i raggi di sole entrare nell'acqua e finire nel nulla, nella parte più scura della terra, mi aveva fatto venire il panico. Era come se i raggi del sole mi volessero indicare e far capire quanto fosse nero e buio il nulla.

Io continuavo a nuotare e a far finta di niente ma i raggi del sole trafiggevano la mia mente e il mio cuore, uccidendomi ad ogni bracciata.

Oddio che paura ebbi ad un certo punto. Persi quasi la

percezione di dove mi trovassi. Non riuscivo più nemmeno a nuotare, mio sport preferito.

Risalii sul gommone e feci silenzio. Dissi solamente che non mi sentivo bene e che avrei fatto immediatamente ritorno a Roma.

Lui disse di non fare cose senza senso ma io ero decisa e andai ad informarmi per il traghetto, con lui che mi seguiva in silenzio.

Mi dissero che c'era posto sul traghetto per Milazzo ma che non erano certi ci fosse poi un posto libero sul treno notturno per Roma.

Ero presa dal panico, ero certa che se fossi rimasta anche un solo giorno in più su quell'isola sprofondata nel buio sarei impazzita realmente.

Comprai quindi il biglietto per Milazzo, corsi a fare la valigia, e mi feci portare dal mio lui, sempre in silenzio, al porto.

Andai via. Sola. Cominciai a piangere incurante delle altre persone (questa è una cosa che purtroppo ho dovuto imparare a fare, altrimenti forse sarei morta) e scappai al bagno a vomitare.

Ero sudata, con la salsedine appiccicata alla pelle, la bocca che sapeva di vomito e lacrime amare ma, appena arrivata al porto mi comprai due birre perché avevo voglia di stordirmi tanto che la prima la bevvi tutta di un fiato.

Mentre bevevo la seconda birra cominciai a cercare un taxi per raggiungere la stazione ferroviaria ma non ne trovai nemmeno uno.

C'erano solamente macchine comuni con uomini che aspettavano dentro. Uno di loro scese e mi chiese se dovessi andare alla stazione ferroviaria e mi spiegò che lì da loro i taxi erano così, macchine normali senza insegne di riconoscimento.

Salii sulla sua macchina tutta bianca anche se avevo leggermente paura, lo ammetto, soprattutto quando dopo una decina di minuti di viaggio l'autista imboccò una strada contromano ad altissima velocità. Che urlo che feci, non ho mai avuto così paura, ma il conducente senza nemmeno girarsi mi gridò in siciliano: "una scorciatoia è, non si preoccupi".

Arrivai alla stazione ferroviaria verso sera e, dopo essermi comprata la terza birra, andai immediatamente a fare il biglietto per il treno notturno per Roma. La risposta fu la stessa che mi diedero a Vulcano ossia che non era certo che ci fosse posto e che avrei dovuto chiedere al capotreno mentre il treno passava.

Le tre birre mi fecero mantenere il controllo della mia rabbia anche perché sembrava che la cosa fosse proprio così, strana ma cosi, e infatti c'erano altre persone che aspettavano come me.

Mi rassegnai, mi distesi vicino una colonna, misi la mia sacca come cuscino e, stordita come ero, mi addormentai.

A mezzanotte meno venti si sentì il treno arrivare e tutti si alzarono concitati. Quando si fermò ognuno cercava di comunicare con il capotreno ma la risposta era sempre la stessa: non c'è posto per Roma. Tanto per cambiare, ancora stordita da tutta la birra che avevo bevuto, cominciai a piangere e a pregarlo di non lasciarmi lì da sola, ma lui continuava ad urlare "non ci sono posti per Roma".

Improvvisamente un uomo, sulla quarantina, mi chiamò e mi disse: "Vieni con me, saliamo sulle ultime carrozze che sono vuote perché le staccano a Messina, traghettiamo a piedi. Riprendiamo il treno a Reggio".

Eh? Cosa? Non capii nulla... scendiamo? Traghettiamo a piedi? Ero troppo intontita per capire.

Un altro ragazzo urlo all'uomo che mi aveva parlato e gli chiese se poteva unirsi a noi. Noi? Rispose di sì così il ragazzo mi prese il borsone e mi disse "fidati e corri" e mi fecero salire su una carrozza vuota mentre il treno stava già partendo.

Perché un uomo di quaranta anni, un ragazzo di trenta e una ragazza di venticinque stavano lasciando repentinamente la Sicilia per far ritorno a Roma e si trovavano in uno stesso vagone vuoto che non sarebbe mai giunto nella città eterna? Era tutto così irreale.

Frettolosamente cominciammo a parlare e ognuno si confidò con gli altri come se fossimo i migliori amici.

Per semplificare io dissi che avevo litigato con il mio ragazzo e che me ne volevo tornare a casa; il trentenne era stato chiamato d'urgenza dalla famiglia perché avevano trovato il fratello maggiore privo di conoscenza e in overdose e non si sapeva se sarebbe sopravvissuto; Il quarantenne era stato purtroppo avvisato che suo padre aveva avuto un grave infarto e che si trovava in terapia intensiva.

Mi resi conto che le nostre storie avevano in comune la fine di una vita, di un amore... comunque una fine.

E lì, in un vagone fantasma, davanti a due sconosciuti capii che la rottura con il mio lui sarebbe stata definitiva.

Il viaggio fortunatamente ebbe un esito positivo. Infatti, dopo aver passato lo stretto di Messina a piedi, ci ritrovammo di fronte allo stesso capotreno di Milazzo che, impietosito non solo ci fece salire sul treno ma ci diede la possibilità di usare un vagone vuoto che era destinato al nuovo capotreno che sarebbe salito a Napoli.

Ci addormentammo tutti velocemente ognuno pensando al proprio dolore.

Tornati dalla vacanza facemmo finta di niente.

Dopo un paio di mesi mi chiese di sposarlo.

Dopo altri due mesi io lo lasciai.

****

Dopo averlo lasciato cominciò quello che io chiamo il mio anno di follia pura.

Alternavo momenti di iperattività e momenti di tristezza assoluta.

Quando andavo alle feste dei miei amici abusavo di alcolici e canne e davo spettacolo parlando di cose di cui poche donne parlerebbero. Mi sentivo la regina della festa e pensavo che tutti mi guardassero con ammirazione senza capire che, in realtà, tutti mi guardavano un po' perplessi perché ero esagerata in tutte le mie manifestazioni.

Capisco ora che potevo fare pena.

Mi girava la testa in continuazione. Era come stare sempre su una tagadà in movimento. Mi girava la testa dalla mattina, per tutto il giorno e la sera e poi la mattina, di nuovo.

Quelli che ora riconosco essere attacchi di panico diventarono sempre più assidui e ingestibili anche perché cercare di mandarli via con l'uso di alcol e canne fu quanto di più stupido avessi mai potuto fare.

Già, un semplice attacco di panico può distruggere la tua vita. È una sensazione improvvisa d'intensa paura o malessere, ti nasce un'angoscia così grande da far pensare di essere sul punto di morire.

Da una vita normale di ragazza felice con il mondo in mano a insicura cronica con giramenti di testa, dolori al petto e all'addome, difficoltà respiratorie e tachicardia. Sì è vero l'elenco l'ho preso da Wikipedia ma è assolutamente così; sensazioni tutte che improvvisamente t'invadono, senza preavviso, in maniera violenta.

Se solo uno tra i tanti medici a cui mi rivolsi avesse avuto la competenza di diagnosticarli sarebbe stato tutto più facile.

Cominciai a fumare sempre di più.

Alcol e sigarette divennero le mie amiche più care.
Non riuscivo più a stare in mezzo alla folla e, quindi, smisi di andare a lavorare e di uscire con amici.

Mi venne paura di guidare il motorino e lo lasciai una sera di pioggia in mezzo alla città e non lo presi mai più.
Smisi poi di andare a lavoro perché non riuscivo più a guidare la macchina.
Uscivo solo per andare in qualche Pronto Soccorso, uno qualsiasi, sempre diverso. Mi fermavo nel parcheggio dell'ospedale ad aspettare di sentirmi male per poi farmi visitare sperando che qualcuno mi dicesse finalmente cosa avessi.
Un paio di volte i dottori del P.S., senza spiegarmi niente, chiamarono lo psichiatra ma io scappai senza aspettarlo.
Feci lastre, gastroscopie, tac, e risonanze magnetiche. Cercai aiuto da un agopunturista, da un naturopata, da un omeopata.
Andavo da chiunque mi venisse in mente. Mi confessai, m'inginocchiai e pregai.
Mi feci leggere le carte, la mano, i fondi di caffè e gli astri.
Non so chi m'indicò la signora che leggeva gli astri, né ricordo il suo nome. Però fu un'esperienza particolare perché, dopo che ebbi precisato tutti i dati sulla mia nascita, pare sia fondamentale l'ora esatta, mi fece una consulenza telefonica e mi disse che il mio malessere nasceva dal fatto di non aver elaborato un lutto che avevo subito.
Io, che quel giorno stavo particolarmente bene, le dissi che fortunatamente non avevo avuto lutti in famiglia. La maga insistette affermando che era evidente che in me ci fosse dolore a causa di un lutto grave non elaborato.
Io continuai a negare scocciata tanto che la congedai con sufficienza.

Solamente nel pieno della notte mi svegliai di soprassalto e capii che la maga aveva ragione e che si stava riferendo alla morte del mio bambino, da me causata.

Un lutto non elaborato.

Un aborto volontario.

Io ero sempre più agitata e terrorizzata e il consiglio di rivolgermi ad uno psichiatra cominciava ad essere sempre più frequente.

Così presi appuntamento nel reparto di psichiatria del Policlinico, noto fiore all'occhiello della medicina romana.

Due giovani medici mi fecero entrare in una piccola stanza con un tavolino rettangolare che mi ricordò quelli di scuola, e mi chiesero perché fossi lì. Si limitarono a sentire il mio racconto senza senso non prestando particolare attenzione.

Non mi spiegarono nulla ma si limitarono a fissarmi un altro appuntamento lontano due mesi e a consegnarmi una ricetta con la prescrizione di alcune medicine che avrei dovuto prendere.

Mi ricordo perfettamente che fu quello il momento esatto in cui compresi che avevo bisogno di un aiuto specialistico perché rimasi davanti a loro in silenzio e con la ricetta in mano e, mentre i miei occhi cominciavano a lacrimare, io chiesi a quei due dottori: "Ed io? In questi due mesi cosa faccio????". "Prenderà le medicine" mi risposero in coro e mi congedarono senza ulteriori spiegazioni.

Tornai a casa e andai immediatamente in farmacia per comprare le medicine e ne uscii con una busta piena di scatole. Una in particolare era una scatola rettangolare grandissima con dentro farmaci per un mese da prendere tre volte al giorno.

Mi fermai in mezzo alla strada e in macchina lessi il bugiardino contenuto in quella enorme scatola.

Più leggevo e più mi saliva il panico. Avevo paura. Non

volevo prendere quelle cose ma non ne potevo più di vivere così terrorizzata.

Vinse ancora una volta la paura dell'ignoto, buttai via tutto in un cassonetto e tornai a casa. Quello fu l'ultimo giorno che uscii di casa.

Tutto ciò che mi stava capitando e tutto quello che stavo facendo non lo avevo raccontato a nessuno. Era tutto così strano, spaventoso e doloroso che proprio non riuscivo a esprimerlo a un familiare o ad un amico.

Lo avevo con difficoltà raccontato a quei due medici, ma non era servito a nulla.

Andai a dormire non sapendo più cosa fare. Ero terrorizzata e piansi per gran parte della notte.

La mattina venni svegliata da una morsa nello stomaco, la gola strozzata, aprii gli occhi e il mondo mi apparve in bianco e nero. Non riuscivo più a distinguere i colori, anzi non ero io che non riuscivo a distinguerli ma erano i colori ad essere andati via dalla mia vita.

Qualcosa mi procurava un dolore accecante nello stomaco, solo dopo molto tempo capii che si trattava della mia anima che soffriva.

Avevo anche qualcosa in gola. Si era contratta, chiusa, tanto che non riuscivo più ad ingoiare nulla.

Ai limiti dell'esasperazione decisi di confidarmi con l'unica persona al mondo che secondo me avrebbe potuto capire ciò che mi stava accadendo, o che sarebbe stato in grado di provare a capire e che comunque non mi avrebbe mai abbandonato: il mio migliore amico, Simone, per cinque anni mio compagno di classe e di banco.

Simone era diverso dal prototipo dei ragazzi che conoscevo: era sensibile, amava suonare e ascoltare musica, non era interessato agli schemi nel vestiario anzi, era del tutto fuori da ogni tipo di schema.

Quando andavo a casa sua passavamo pomeriggi interi a sentire musica e a vedere film di Nanni Moretti. Ci raccontavamo tutto dei nostri rispettivi amori e dei nostri problemi familiari. Ricordo che pianse davanti a me a lungo e senza vergogna quando il padre se ne andò di casa; e io piansi con lui.

Sì, decisamente era la persona adatta, l'unica che avrebbe potuto aiutarmi e capire.

Erano i primi di settembre e andai da lui a piedi poiché non riuscivo più a guidare la macchina, e gli parlai e parlai, piangendo compulsivamente. Cercai di spiegargli tutte le mie paure e le mie sensazioni. Poi tornai a casa convinta che ci avrebbe pensato lui; convinta che il giorno dopo mi avrebbe chiamato per darmi una soluzione o comunque per chiedermi come stessi.

Ero sollevata... non ero più sola contro il mostro che mi stava logorando... forse mi sarei salvata... ma l'importante era che non fossi più sola.

Andai a parlare con lui i primi di settembre.

Il giorno dopo Simone non mi chiamò. Non mi chiamò nemmeno dopo due giorni.

Mi chiamò il 24 dicembre per farmi gli auguri di Natale. Non risposi.

Oramai avevo pianto tutte le mie lacrime per la sua totale assenza, indifferenza e per il suo abbandono.

****

Ero sola, dannatamente sola.

Da quando avevo cominciato a sentirmi male non lo avevo raccontato a nessuno, solo al mio migliore amico Simone. Non era facile spiegare cosa avessi né spiegare che la mia vita fosse diventata girare tra professionisti di tutti i tipi per capire come guarire non so da cosa. So solo che mi comportavo sempre più stranamente e che le persone cominciarono ad additarmi come persona strana, per non dire matta.

Già. Gli amici che frequentavo erano tanti ma come un gioco di prestigio nel momento in cui non sei più allegra e disponibile come al solito, le telefonate si diradarono sempre più sino ad arrivare al silenzio totale.

Non andavo più a lavoro. Non guidavo più né il motorino né la macchina. Non mangiavo più niente perché non riuscivo più ad ingoiare; quel poco di cibo che mandavo giù era perché me lo frullavo.

Abituata a fare sport giornalmente ora riuscivo solo ad uscire di casa e fare un giro dell'isolato alla velocità di una lumaca, piegata su me stessa e con le braccia che mi cingevano il corpo.

Era così faticoso fare quel giro a piedi che il mio viso e il mio corpo mostravano il dolore che provavo.

Mi accorgevo che ogni tanto passava qualche mio amico ma mai nessuno si fermava. Seppi poi che in giro si raccontava che fossi impazzita.

Poco dopo dovetti interrompere anche quelle piccole camminate perché mi costringevano a passare davanti ad una fermata di autobus ove vedevo sempre delle persone anziane, vestite a strati in maniera trasandata, con la loro logora busta della spesa, che aspettavano l'autobus che li avrebbe ricondotti a casa. Mi fermavo, mi stringevo le braccia attorno al petto e cominciavo a percepire la sofferenza, la solitudine di ogni singolo anziano che piano piano e faticosamente smettevano di essere ciò che erano stati.

In quel momento percepivo da ogni persona anziana la vera solitudine, quella che ti logora, quella che ti fa sbattere la testa al muro, quella che ti fa ansimare e ti fa pregare di morire al più presto.

Smisi quindi anche di fare quelle passeggiatine.

Le giornate scorrevano lente e inesorabili; sofferenti e silenziose. A volte gridavo tirandomi i capelli o dandomi dei pizzichi. Mi volevo fare del male per vedere se ero ancora in grado di provare sensazioni umane.

Ma la cosa più dolorosa e difficile era che non riuscivo più a dormire la notte ed è da diventare veramente matti. Passavo le mie nottate fuori in giardino fumando una sigaretta dopo l'altra, dondolandomi su me stessa e con le braccia incrociate, tipica posizione per cercare di stritolare fuori il dolore.

Le sigarette e il dondolio, le sigarette, il dondolio e la notte.

Solamente alle prime ore del mattino riuscivo a chiudere gli occhi per poi svegliarmi di soprassalto poco dopo e correre in bagno a vomitare aria. Già vomitavo violentemente e rumorosamente solo aria.

Mi vergognavo di questo mio stato di degrado

Tutti i giorni uguali, distinti solo dal numero di sigarette che riuscivo a fumare.

No, anzi, c'era un'altra cosa che mi ha aiutato in quel nefasto periodo. Una cosa che ha leggermente arginato la mia assoluta solitudine... La televisione.

Io che da adolescente ero l'unica figlia a non aver voluto la tv in camera propria perché secondo me era solo diseducativa e mi privava del tempo dalla lettura dei miei libri preferiti, ora ero diventata schiava di essa.

Era in base ai programmi che offriva che io gestivo le mie sigarette. Difatti, poiché in casa non si poteva fumare, smettevo e rientravo ad orari stabiliti. Già perché non era tutto ciò che programmava la televisione che era di mio interesse ma vedevo ed aspettavo con ansia solo le fiction con le loro puntate ad orari e giorni precisi, il loro evolversi in una vita che era diventata mia, i loro protagonisti che erano diventati miei amici.

Non riesco a esprimere la semplicità degli schemi che mi

legavano alla televisione che erano dettati da un delirio di sofferenza e solitudine interiore.

Ritrovare quei personaggi a quella data ora, uguali a come li avevo lasciati e far parte della loro vita semplicemente guardandoli, mi recava un tale conforto che mi vergogno solo a ricordarlo ma che mi conforta tutt'ora.

La serie televisiva "Un medico in famiglia" era il mio nuovo e unico punto di riferimento; Lino Banfi era diventato mio nonno acquisito.

****

Avevo cercato aiuto da tutti i professionisti che mi erano venuti in mente e, ora, non avevo nuove idee, non sapevo più cosa fare.

L'unica cosa che sapevo con certezza è che non potevo continuare a "vivere" in quello stato, che non potevo più continuare a soffrire in quel modo.

Avevo serenamente preso la ferma decisione che mi sarei uccisa il giorno dopo il mio compleanno. Solo questo pensiero mi procurava consolazione poiché continuavo a soffrire troppo in quegli ultimi giorni e non ne potevo più.

Ma la fine, per fortuna, era vicina.

Il giorno del mio compleanno mi svegliai, come al solito vomitando e cominciai a fumare prima del normale.

Lo ammetto Avvocato, speravo con tutto il mio cuore che qualcuno mi telefonasse, che qualcuno si ricordasse di me. Ma nulla. Neanche le mie migliori amiche o amici con i quali avevo condiviso tanto. Nulla. Nessuno.

Fortunatamente avevo già deciso... non si può vivere in un perenne stato di paura e sofferenza... il giorno dopo mi sarei uccisa.

E poi accadde l'imprevisto.

Durante il primo anno di Università conobbi una ragazza che divenne la mia compagna di studi per tutto il ciclo universitario. Era una ragazza estremamente intelligente e molto capace e l'ammiravo parecchio. A quel tempo ci sentivamo quasi giornalmente, eravamo veramente molto intime. Studiare insieme 25 esami, vivere in simbiosi il post università, ti rende più che amica, ti fa diventare una cosa sola.

Sapevo che in un momento di dubbio nella sua vita era andata a parlare con uno psichiatra, conoscente della cognata. Quando me lo raccontò io mi arrabbiai con lei perché ritenevo il mondo della psichiatria adatto per i "matti" non certo per i suoi semplici dubbi.

Lei mi rispose semplicemente che non capivo ma che comunque lei ne aveva tratto beneficio perché aveva avuto la possibilità di parlare con una persona unica e geniale.

Io e la mia compagna di studio ci conoscevamo ormai da 11 anni e, le giuro, in 11 anni non mi ha mai telefonato il giorno del mio compleanno perché se lo scordava regolarmente... magari mi telefonava anche il giorno stesso ma non si ricordava che fosse il giorno del mio compleanno e parlavamo di altro. Io non le dicevo mai niente perché mi divertiva il fatto che poi, quando si avvicinava il suo compleanno, che era un mese dopo il mio, si ricordava e mi telefonava chiedendo perdono e per farmi gli auguri.

Per dieci anni la storia andò avanti così.

L'undicesimo anno coincideva con quello che avevo deciso che sarebbe stato il mio ultimo giorno di vita, il giorno in cui nessuno mi telefonò, il giorno in cui io speravo di sentire qualcuno ma nessuno chiamò, il giorno in cui la mia compagna di studi per la prima volta in undici anni, verso le otto di sera, mi telefonò per farmi gli auguri!

Lei, tra tanti chiamò lei, la sola che avrebbe potuto capire al volo la mia disperazione: "Che cosa hai?" mi chiese, "Non lo so, sto male", "Ci penso io". Sì proprio cosi mi disse: "Ci penso io".

E così fece; telefonò al dottore e non so come lo costrinse a vedermi il giorno dopo alle 12.00. Poi mi richiamò e mi disse che mi sarebbe venuta a prendere la mattina seguente per accompagnarmi dal dottore. Mi raccomando' di avere fede assicurandomi che tutto si sarebbe rimesso a posto. Mi richiamò raccomandandomi di avere fede e che tutto si sarebbe rimesso a posto.

Spero Avvocato che anche lei possa avere un'amica così, un'amica in grado di capire al volo il tuo dolore, la tua angoscia e capace di prendere provvedimenti tempestivi e decisivi.

Ed ecco il giorno dopo; il giorno nel quale avrei dovuto porre fine alla mia vita.

In macchina con la mia amica senza proferire parola. Penso che lei avesse più paura di me.

Arrivate, mi lasciò davanti al portone e salii nello studio del dottore.

Mi ricordo come fosse oggi ciò che provai quando mi lasciò sola nella sala d'attesa. Aprii la finestra per fumare e mi affacciai con la testa di fuori. La mente si rivolse al desiderio di morire, d'interrompere finalmente quell'angosciosa agonia. Ma ero al primo piano e, sicuramente, se mi fossi buttata non sarei riuscita nel mio intento.

E poi il dottore mi chiamò e mi fece entrare nel suo studio.

Mi sedetti e mi guardai intorno. Era pieno di libri, foto, tanti oggetti di diverse dimensione e fattura. A cercare di guardare tutto c'era da farsi girare la testa e così, con la mia mente che ballava tra i vari oggetti preziosi, cominciai a parlare, a raccontare tutto quello che mi veniva in mente. Parlai, parlai, piansi con disperazione, urlai, ma, mi creda, ora non ricordo assolutamente nulla di ciò che dissi.

Mi ricordo solamente che prima di congedarmi mi diede

una confezione di medicine con una ventina di pasticche, mi diede appuntamento alla settimana successiva e mi disse di chiamare quando e quanto volessi e mi diede la mano. E in quel momento scoppiai nuovamente a piangere e gli chiesi se avessi potuto rimanere a vivere lì nel suo studio; non volevo andare via e rimanere nuovamente sola con le mie angosce. Il dottore sorrise e mi disse di andare e di non preoccuparmi e che tra una settimana tutto sarebbe andato un pochino meglio.

Tornai a casa attonita, stanca poiché avevo pianto e parlato tanto di cose tanto sconosciute quanto dolorose.

Mi sedetti a terra e cappottai il contenuto della mia borsa e sempre con le braccia incrociate presi la scatola delle medicine che mi aveva dato il dottore. Ne presi una in mano... era così piccola... una al giorno la mattina...

Mi tornarono in mente tutte le medicine che mi avevano prescritto i due giovani medici della struttura pubblica... ora no, solo una, piccola piccola; e così rimasi tutto il pomeriggio con quella piccola pasticca che non capivo come ma mi avrebbe fatto sentire meglio nel giro di una settimana. Continuavo a ripetere queste parole come se fossero una litania propizia da proferire obbligatoriamente, pena l'inutilità delle stesse.

Ed ebbe ragione il dottore. A poco meno di una settimana cominciai a sentirmi un pochino meglio. Prima di tutto ripresi a dormire. Poi non mi svegliai più per correre a vomitare.

Mi svegliavo però ancora di soprassalto, con l'ansia in gola, impaurita dalla giornata che mi si presentava davanti. Avevo paura di rivedere tutto in bianco e nero e che non sarei stata in grado di vivere tutto il giorno.

In realtà c'erano ancora tutta la mia angoscia, la mia paura, il mio dolore solo che leggermente attutiti, più sopportabili.

Svegliarsi ogni mattina sentendo come prima sensazione il dolore, la paura di tutto, ma soprattutto la paura di non farcela era arginata dalle medicine che controllavano che il dolore non andasse oltre.

E così cominciarono i due anni più altalenanti della mia vita.

Piano piano cominciai a stare meglio, ripresi anche ad andare a lavoro ma non ad avere una vita sociale. Non me la sentivo di uscire con gli amici perché ero ben lontana dall'essere in forma né in grado di scherzare e divertirmi.

Quello che avevo avuto era una semplice sindrome depressiva, un semplice esaurimento nervoso dovuto al trauma dell'evento da me stessa causato.

Avevo iniziato a curarmi tardi e non riuscivo a uscirne fuori.

Per due lunghi anni mi curai doviziosamente ma alternavo giorni di dolore a volte sostenibile, a volte no.

Ecco sostanzialmente era questo il problema: riuscire a sostenere il dolore che oramai viveva fisso in me.

Furono anni di riflessioni, di critiche e auto critiche, di condanna e di perdono.

Il dottore mi insegnò a non dimenticare i sogni per poter comprendere il mio inconscio e la mia anima.

Furono due anni di completa solitudine perché le persone se sei strana non ti vogliono. Avevo solo due angeli che mi chiamavano per sentire come stessi... per il resto il silenzio.

Ricevevo anche alcune telefonate dalle mie amiche più intime, con le quali avevo condiviso mille esperienze, ma dopo tanto dolore e tanto tempo da sola ero stupita dal fatto che non si fossero accorte di niente e per non creare polemiche mi ritrovai a fare una sorta di gioco con loro, le facevo parlare a ruota libera di sé stesse e dei loro figli, mariti e amici. Finiti questi argomenti mi chiedevano novità sui nostri vecchi amici. E la telefonata finiva senza che io parlassi di me.

Dovrebbe provare anche lei un giorno a fare questo "gioco" vedrà che con molte amiche il momento in cui ti dovrebbero chiedere "come stai" a volte non arriva mai.

Un giorno chiesi alla mia migliore amica di allora: "Sà ma tu non mi trovi cambiata negli ultimi anni" e lei: "Sì ora che me lo chiedi sì, ho notato che alle feste sei meno divertente".

Col senno del poi posso dire che non sono mai stata fortunata in fatto di 'migliori amiche'. Poi dopo la mia esperienza di depressione divenne ancor più difficile perché diventai così bisognosa di affetto che mi buttavo nelle vite degli altri sperando di trovare posto anche per me.

Il dottore continuava a ripetermi che ormai, passati due anni di cura, si era reso necessario iniziarne una definitiva, d'attacco, endovena.

Io non volevo perché avevo paura, mi sembravo una malata terminale, una drogata e mi vergognavo di farla a casa mia tant'è che quando decisi di iniziarla la feci a casa di un amico. Mi nascondevo dalla mia famiglia.

E così conobbi un altro angelo custode, Antonietta, che con una grazia e una dolcezza unica mi fece il trattamento di cui avevo tanta paura.

Il primo giorno la salutai solamente e lei fece tutto quello che doveva fare spaziando tra le mie copiose lacrime, poi si mise a sedere su una poltrona di fronte a me, con la schiena rigida e lì rimase imponente e in silenzio come se volesse dirmi che lei era lì solo per me e che potevo contare su di lei.

Più la cura andava avanti e più stavo meglio, tanto che io e l'infermiera cominciammo a parlare e lei mi tranquillizzava in una maniera così dolce che solo un vero angelo custode sa fare.

Ancora una volta il dottore aveva avuto ragione.

La cura fu un miracolo.
Dopo due anni, mi sentivo finalmente bene e il mio cervello non era più pieno di ragnatele ed era tornato limpido e sereno.
La mia felicità fu subito placata dal Dottore il quale mi spiegò che la mia malattia era degenerata in una sindrome bipolare maniaco depressiva con forme borderline e che per vivere stabilmente e serenamente avrei dovuto assumere il litio, un farmaco, un sale minerale prodotto in maniera insufficiente dal mio cervello, un regolatore dell'umore, che andava preso a vita e mai interrotto.
Non so spiegare il tutto in parole tecniche perché ho voluto evitare di cominciare a studiare materie a me non affini e capire chissà che cosa.
Quindi, in pratica se avessi capito subito quanto mi stava accadendo avrei potuto cavarmela, forse, per esempio, semplicemente con un leggero rilassante per un anno e sei mesi di terapia.
E invece il mio trauma, la mia vergogna, il mio dolore, la mia solitudine mi hanno portata al calvario che le ho raccontato.
E questo potrebbe capitare a chiunque e per qualsiasi motivo. Ed è per farle capire questo che le sto scrivendo, per aiutare altre persone che possono subire un trauma e non riuscire ad elaborarlo.
Quando sento dire che la depressione è una malattia dei ricchi e di chi non ha nulla a cui pensare mi viene voglia di usare la violenza.
Sono infinite le situazioni che potrebbero causare un trauma ad un essere umano e ancora più infiniti sono i modi di reazione.
Io ero felice, sana, allegra e sono caduta senza difese in quello che chiamano il male oscuro.

Si può stare male anche per colpa di un brutto voto che non ti permette di andare avanti, per la separazione dal fidanzato, per un incidente o semplicemente per solitudine; tutto ciò che è ordinario si potrebbe trasformare in straordinario e farci cadere pian piano nel buio più totale.

****

Grazie alla psicoterapia svolta con il mio Dottore di fiducia scoprii l'importanza del inconscio. Per molti è cosa nota ma io non ne sapevo proprio niente.

Da quanto ho letto il subconscio è tutto ciò che opera fuori dalla coscienza, quindi è tutto ciò che non è controllabile con la ragione.

È il linguaggio dell'anima.

È formato per esempio dai ricordi rimossi, dalle pulsioni represse, dai lapsus e dalle amnesie momentanee, ma soprattutto dai sogni.

Rendersi conto che ciò che sta male è l'anima, il subconscio, che parla, anzi a volte urla, tramite la mia altra vita: i Sogni.

Il bambino che ho ucciso vive nella mia anima e si esprime nei miei sogni. Il volto non lo vedo mai, ma lui cresce così come sarebbe cresciuto nella vita reale. Da bambino che era, ora è un forte ventenne che mi accompagna nella mia altalenante vita.

La Violenza con cui alcuni sogni si mostrano chiaramente mi fa ancora paura.

Dei sogni fatti in tutto il percorso della mia nevrosi ora non ne ricordo nemmeno uno.

Mi ricordo invece di alcuni sogni fatti quando avevo ricominciato a stare bene e che hanno avuto un significato pragmatico per la mia vita.

Stavo andando a trovare un'amica che aveva appena partorito.

Diluviava ed io ero in motorino e malgrado fossi ben attrezzata contro la pioggia non riuscivo a guidare perché il viso era troppo bagnato. Per un attimo mi dovetti fermare accanto ad un marciapiede proprio per asciugarmi il viso. E lì, ferma sotto la pioggia, felice per la mia amica, improvvisamente mi venne in mente un sogno e cominciai a ricordarlo, a viverlo lentamente, rimanendo ferma vicino al marciapiede sotto il diluvio.

Fu per me come l'inizio di una danza perché sì, sentivo una musica, lieve e lieta.

Io avevo la forma di un piccolissimo fantasmino bianco e mi recavo in un bellissimo palazzo con l'entrata a forma di cavallo. C'era il portiere ma io lo ignorai perché gli passai volando sopra la testa e anche perché sapevo perfettamente dove andare. Entrai in un appartamento tutto bianco, pieno di luci con le camere senza porte e le finestre senza persiane.

Mi fermai in una stanza rettangolare nella quale c'era sulla destra un letto bianco ove era sdraiata una donna incinta che emanava calma e amore. Non ero io.

Sull'altro lato della stanza c'era un piccolo lettino da bambino. Anch'esso era bianco, con le lenzuola e le coperte bianche.

Era tutto pronto ed era tutto così perfetto.

Non so se un fantasmino possa piangere. Certo è che quella ragazza ferma su un motorino sotto la pioggia piangeva copiosamente.

Ma all'improvviso il fantasmino che stava per andare via molto triste vide, al centro dell'appartamento, una scala, grande, splendente, senza corrimano.

Incuriosita salii i gradini e, senza varcare alcuna porta, mi ritrovai in un giardino immenso pieno di alberi illuminati e piante lucenti ed io cominciai a volare di corsa strusciando tutto ciò che luccicava, e all'improvviso, sì, così all'improvviso mi accorsi di essere tutta illuminata, ero radiosa e bellissima... ero incinta.

Compresi che anche io potevo generare un bambino e ripresi a guidare felice come non mai tra gocce di pioggia e fari illuminati.

****

Il Dottore dopo la cura d'urto endovena e dopo avermi prescritto il Litio mi disse chiaramente che se avessi voluto stare bene avrei dovuto fare per sempre le seguenti cose: prendere le medicine, non bere alcolici e non far uso di droghe, fare molto movimento, dormire tanto e avere una vita tranquilla.

Ma soprattutto mi disse letteralmente: "Lei non deve parlare con nessuno di ciò che le è capitato perché la gente non capirà e useranno le sue confidenze contro di lei per ferirla".

E da qui i miei mille dubbi... ero in grado di fare un figlio? Avevo ancora la grinta per lavorare? Sarei stata in grado di superare qualsivoglia difficoltà? Sarei stata in grado di frequentare di nuovo il mondo esterno?

Domande senza risposte mi torturavano, ma io mi sentivo bene, ormai ero guarita. Con il regolatore dell'umore ero coperta da qualsiasi sbalzo.

Purtroppo, capii velocemente che non era tutto così semplice. In particolare, mi pento di non aver dato retta a quanto detto dal dottore sul fatto di non raccontare a nessuno cosa mi fosse accaduto.

Al contrario il mio desiderio era proprio di raccontarlo a tutti perché un'esperienza del genere è talmente devastante e invasiva che necessariamente ti porta a modificare la tua vita e comunque il tuo modo di essere.

Ero convinta che senza queste informazioni nessuno avrebbe potuto conoscermi veramente e quindi cominciai a raccontare ciò che mi era accaduto con la speranza di un po' di empatia.

Ero ansiosa di far conoscere la nuova me stessa e appena mi capitò l'occasione cominciai a parlare ed a raccontare gli ultimi anni della mia vita con grandi aspettative.

Quasi tutte le persone, più o meno amiche, a cui raccontavo la mia odissea mi guardavano in silenzio e non dicevano niente. Niente, cazzo, nessuno diceva niente e io che avevo bisogno come una drogata di essere capita, di un po' di empatia, di una carezza.

Nessuno mi ha mai chiesto come stessi ma tutti mi contestavano dicendo frasi tipo: 'ma non hai gli occhi della depressa','quindi sei bipolare', 'secondo me sono tutte cazzate', 'beh sei sempre stata un po' pazza', 'ma hai provato a farti una canna?'.

E io che cercavo solo una carezza...

Ma è proprio il desiderio di questa carezza che mi fa sperare e aspettare e, in fondo in fondo, vivere.

Posso con sicurezza affermare che anche in questo caso il dottore aveva pienamente ragione... tutti quelli a cui avevo raccontato le mie paure, le mie angosce, i miei comportamenti strani, le cure, le lacrime, tutti, e non lo dico tanto per dire, ma, proprio tutti, prima o poi lo hanno usato contro.

Tutti, nessuno escluso, mi creda e non può rendersi conto di quanto ciò faccia male.

Con chiunque ogni minima incomprensione, ogni discussione degenera offendendomi e dandomi della pazza, della bipolare o della depressa, o addirittura della drogata tossica. E sì perché le medicine consigliate da uno psichiatra non sono medicine date per curare bensì sono *psicofarmaci che ti fanno e alterano la tua mente.*

Oppure vengo accusata di fare la vittima e che mi invento le malattie o che faccio la furba.

Che dolore ogni volta. Tutti calci che colpiscono la mia anima, che mi fanno cadere a terra e che mi lasciano senza forze e che prima o poi mi uccideranno.

Ed è per questo caro Avvocato che sono venuta da lei. Voglio farle conoscere per intero la mia storia ma soprattutto la mia anima affinché lei possa difendermi da chi non crede al mio dolore ma semplicemente mi crede matta.

La mia è una vita di solitudine

Poco dopo la nascita del mio primo bambino mi sembrava di aver trovato una persona degna di nota. Lei si interessava veramente a me. Mi chiedeva, mi faceva domande su quanto mi fosse accaduto.

Io ero felice perché era la prima volta, letteralmente la prima volta, che qualcuno si interessava alla mia storia. Mi aprii come non avevo mai fatto ed ero lusingata.

Più lei mi faceva domande e più io ero felice e più mi aprivo e più le confidavo i particolari.

Ma durò poco. Dopo pochi mesi venni a sapere che andava a raccontare in giro ciò che io dicevo specificando che il mio dottore non capiva un cazzo e, per rimanere in tono, mi dava medicine a cazzo che mi stavano rovinando.

Era una persona estremamente manipolatrice e cattiva.

Le piaceva farsi raccontare perché gioiva della sofferenza altrui. A volte ancora la incontro e ogni volta rabbrividisco come se incontrassi il diavolo.

Mi ha fatto male, molto molto male.

In questi ultimi venti anni avrò avuto un centinaio di episodi depressivi che mi hanno portato a chiudermi in casa per più giorni e una decina di ricadute gravi che mi hanno costretto a ricorrere alla terapia via endovena. Ebbene, in tutti questi momenti mai, dico, mai nessuno si è presentato alla mia porta per chiedermi come stessi o semplicemente per darmi una carezza.

'Tanto dormi' dicono... è sufficiente non rispondere a una telefonata che intorno a me si crea il nulla. Ore, giorni di nulla per me e per i miei figli... 'tanto dormi' dicono.

Mi ricordo che un paio di anni fa continuavo a non stare bene e dovetti fare una cura endovena più lunga del solito. Un giorno, proprio quando la mia infermiera Antonietta stava andando via arrivò la mia amica con la quale avevo condiviso tutte le esperienze riguardo la crescita dei figli e che sentivo tutti i giorni, per prendere non ricordo cosa e, mentre la stavo presentando ad Antonietta arrivò mio marito che davanti a loro mi diede una brutta notizia.

Reagii malissimo, mi venne una crisi isterica, cominciai a urlare, mi buttai per terra, sbattevo i piedi. Antonietta e la mia amica uscirono mentre mio marito cercava di calmarmi.

Il giorno dopo Antonietta tornò per la terapia e mi disse: 'tu non sei sola, hai una persona che ti vuole bene ed è la tua amica che ho visto ieri; era veramente preoccupata per te'. No non sei sola: hai una amica'.

Io non stavo bene ma la cosa mi fece molto piacere. Mi sentii per un attimo meno sola.

Poi Antonietta mi chiese: 'Ti ha chiamato oggi' ed io 'no', 'vedrai ti chiamerà' disse lei.

Il giorno dopo, e quello dopo ancora e poi ancora, Antonietta mi chiese 'Ti ha chiamato oggi' ed io 'no', 'vedrai ti chiamerà' disse lei.

Dopo una settimana Antonietta mi chiese 'ti ha chiamato

oggi' ed io 'no'. Antonietta non disse niente. Non parlò. Io la guardai stupita del suo silenzio e vidi le lacrime che gli scendevano sulle gote e che cercava di nascondermi. Non mi chiese più niente.

****

Tutta questa storia mi ha cambiata, mi ha annientata.

Sono fragile, troppo fragile. Non riesco ad avere rapporti normali con le persone perché tutto mi fa male e ho paura io di far male a qualcuno.

I dolori degli altri diventano miei e faccio di tutto per dare sollievo a loro.

Il dottore mi dice sempre che devo smettere di occuparmi di tutti, ma non c'è nulla da fare. Io sento il dolore altrui e lo faccio mio.

Inizialmente era un continuo poi ha dovuto prevalere l'interesse per i miei figli ma, anche se attenuato, è ancora così.

Mi ricordo una volta che io e mio marito andammo a sciare. La sera eravamo con gli altri ospiti dell'albergo a cena. In particolare c'era un gruppo di toscani che non la finivano più di bere e di ridere ad alta voce. Io mi voltai e vidi un ragazzo un po' paffutello con i capelli ricci biondi lo guardai negli occhi e fu come una pugnalata. Mi girai a guardare mio marito e cominciai a lamentarmi del fatto che mi sentissi male. Mentre tutto girava intorno a me scoppiai a piangere e scappai in camera.

Mio marito mi raggiunse poco dopo chiedendo spiegazioni e gli dissi che quel ragazzo che avevo guardato stava soffrendo e che io non potevo rimanere senza far nulla.

Il giorno seguente vi fu la stessa dinamica ma non me ne andai, anzi lo chiamai verso di me e gli chiesi schiettamente “tu stai male vero”. Dopo aver negato un paio di volte crollò e mi confidò che da poco aveva tentato il suicidio e che questo era l’ultimo suo viaggio con la madre perché al loro ritorno sarebbe entrato in un monastero di clausura.

Ovviamente convinsi mio marito a farlo sciare con noi e lo vedevo rilassarsi momento dopo momento. Era felice, veramente, tant’è che la madre ci venne a ringraziare… ma di più non potei fare.

Un’altra volta, di sera, andai al Pronto Soccorso per una piccola ustione sulla gamba che si era infettata. Mi misero su un lettino con accanto un separè dietro al quale si trovava un altro lettino con sopra una ragazza che piangeva, pregava e cercava la mamma. Mi colpì la sua dignità e continuava a ripetere come farò, come farò e a pregare.

Ero curiosa di sapere cosa le fosse accaduto così prima di andare via mi fermai da lei la quale mi raccontò che mentre faceva la doccia il boiler si era rotto ustionandola per tutto il corpo, dal viso in giù. Poi mi disse che era a Roma solo da un giorno per un nuovo lavoro e che non conosceva assolutamente nessuno.

Lei piangeva sia per il dolore sia perché la dovevano dimettere e non sapeva come fare… per farla breve la portai a casa con me e la ospitai due giorni per poi accompagnarla all’aeroporto per tornare a casa.

A seguito di questo mio comportamento ebbi un grave attacco depressivo perché tutti mi additarono come pazza mentre per me era stata la cosa più ovvia da fare.

Il dottore mi spingeva a un po’ di sano egoismo ma non potevo comportarmi diversamente… sentivo il dolore delle altre persone e non potevo fare a meno d’intromettermi soprattutto quando a stare male fosse un amico.

A volte ci vorrebbe così poco per evitare di soffrire ma purtroppo alla grande maggioranza delle persone interessa solo di sé, e così si va avanti.

Non lo avrei mai immaginato ma la vita mi offrì una seconda occasione e mi innamorai nuovamente.

Stavo bene, benissimo. Perfettamente consapevole di quello che avevo sofferto e in che modo fosse cambiata la mia vita.

E sì, è inutile negarlo a lei caro Avvocato, la vita mi aveva cambiato e soprattutto era cambiata la percezione che io avevo degli altri e che gli altri avevano di me.

M'innamorai di quello che sarebbe diventato mio marito, uomo buono e sincero. Ero certa che non mi avrebbe mai accusato di niente.

Non pensavo che avrei mai potuto essere così felice senza remore e intensamente. Mi scoppiava il cuore dalla gioia.

Ci sposammo e decidemmo di fare un figlio!

La cosa non era così facile come sarebbe dovuta essere. Avrei dovuto interrompere totalmente l'assunzione del litio, la cui importanza era a me nota, e la cosa mi spaventava veramente. Non volevo stare di nuovo male ma desideravo un figlio con tutto il cuore.

Smisi di prendere i farmaci e, malgrado la mia mente oscillasse come un'altalena vuota mossa dal vento, rimasi incinta.

Dio come ero felice. Stavo bene e aspettavo un bambino.

Durante la gravidanza fortunatamente non ebbi nessun tipo di problema. Mi capitava sì di pensare a quanto avessi sofferto in precedenza ma, per fortuna, la razionalità in questo momento vinceva.

Quando nacque il mio primo figlio la mia felicità era incontenibile ma, non appena lo vidi e lo baciai nella mia mente cominciò ad accadere silenziosamente una cosa strana. Quando chiudevo gli occhi cominciai a vedere uno specchio che rifletteva tutto ciò che facevo al piccolo neonato, ma rifletteva solo me ma non l'immagine del bambino.

In quel lato oscuro del mio cervello davanti allo specchio c'ero solo io e non provavo gioia, ma vergogna.

Portare tuo figlio a casa con te è forse la sensazione più incredibile che una donna possa provare.

Metterlo a dormire vicino per poter monitorare ogni suo respiro, allattarlo, cambiarlo, tu e lui, solo tu e lui, un rapporto indissolubile, un'unione indissolubile tra anima e corpo... ma quando chiudevo gli occhi lo specchio mi rifletteva tutte le cose da me fatte ma senza bambino, facevo le cose ma a mani vuote, sino a che vidi me stessa davanti allo specchio che mi disperavo in ginocchio

Stavo impazzendo. La malattia era tornata. Dovevo stare bene per accudire mio figlio e per forza ripresi le medicine anche perché mio marito lavorava a Milano, io rimanevo sempre sola fino al fine settimana.

Cominciai a stare meglio e tutta la mia vita era dedicata a mio figlio.

Il mio stato emotivo era costante anche se la sindrome bipolare tornò a comandarmi.

Vi erano dei periodi nei quali andavo d'amore e d'accordo con chiunque e mi entusiasmavo per qualunque progetto ed altri che non sopportavo niente e nessuno e li cacciavo a malo modo dalla mia vita; il che portava ad isolarmi dal mondo intero e ad abbandonarmi alla tristezza, al pianto cronico e al dolore. Dopo un certo periodo di tempo variabile cominciavo a sentirmi di nuovo bene e il ciclo cominciava nuovamente come una giostra che girava, girava, girava senza sosta...e io vi ero legata sopra.

Pensavo di continuare così, con alti e bassi, ma senza niente di troppo determinante sino a che successe un fatto che mi destabilizzò ancor di più.

Era l'inizio di luglio e mio figlio aveva un anno e mezzo. Dovevamo partire per il mare ed io ero in giro per fare shopping. Entrai in un negozio e mentre cercavo tra la merce esposta vedo entrare una donna con il passeggino in cui stava dormendo una bellissima bambina di due anni.

Mi si fermò il cuore e il sangue divenne ghiaccio.

Era la bambina più bella che avessi visto in vita mia e aveva gli occhi identici a quelli del mio lui e aveva i capelli come li avevo io da piccola.

Rimasi ferma in piedi zitta a guardare la bambina che non mi somigliava ma il mio cervello andava per conto proprio e mi fece pensare che quella sarebbe potuta essere la mia bambina.

In quel momento stavo guardando i lineamenti, la bocca, il naso, i capelli del bambino che non avevo fatto nascere.

Che dolore, la mia anima era straziata.

Non si poteva soffrire così. Ciò che avevo fatto tornò come un fulmine a ciel sereno a torturare la mia mente.

Scappai via, ma la disperazione era inevitabile. Il mio cervello cominciò ad oscurarsi e io avevo tanta paura.

Partimmo per la vacanza; stare dietro a mio figlio occupava tutto il mio tempo e ne avevo ben poco per pensare.

Per andare al mare da casa dovevo semplicemente scendere delle scale e camminare per duecento metri in un vialetto contornato di fiori bellissimi.

Stavo bene, mi divertivo in acqua con mio figlio munito di braccioli e adoravo il posto e la casa.

Stavo bene.

Ma il mio inconscio, la mia anima e la mia mente no.

Non lo so perché, non so per quale ragionamento e a che fine ma una mattina mi svegliai di soprassalto, con un nodo in gola e gli occhi pieni di lacrime. Di nuovo, aiuto, nuovamente vedevo tutto in bianco e nero.

Mi alzai di corsa, presi mio figlio, e scappai giù al mare ma tutti i fiori belli e colorati si erano trasformati in piccole tombe di marmo con sopra la foto sfocata di un bambino.

Davanti a me, sulla mia destra, a sinistra tutto il residence era contornato da queste piccole tombe con la stessa foto sfocata.

Era troppo, non ce la facevo, quasi caddi a terra e cominciai a piangere disperata con mio figlio in mano.

Avrei voluto urlare, cercare aiuto, qualcuno a cui affidare il mio piccolo bambino per poi andare a scomparire per sempre nel mio mare preferito.

Ma come potevo spiegare ciò che mi stava accadendo. Come potevo spiegare che vedevo delle tombe.

Ovviamente chiesi aiuto ai miei genitori che, pur non comprendendomi del tutto, mi davano sempre l'aiuto che cercavo. Non avrei mai potuto fare due figli senza di loro.

E invece no, non dovevo urlare, dovevo stare zitta, avevo paura che mi portassero in ospedale e che mi portassero via mio figlio. Ormai non si trattava più solo di me.

Corsi a telefonare al Dottore che fortunatamente reperii facilmente e con lui mi confidai totalmente.

Mi disse di stare calma, mi prescrisse delle punture di un farmaco che non conoscevo e mi promise che entro pochi giorni sarei stata meglio.

Non dissi a nessuno ciò che vedevo e quanto stessi soffrendo ma chiesi aiuto dicendo che ero troppo stanca per fare tutto da sola, passando ovviamente da viziata nullafacente.

Ma, caro Avvocato, meglio questo che matta.

Appena tornati a Roma venne nuovamente la mia cara infermiera Antonietta e dovetti fare un altro ciclo di flebo. Cura che durava un mese, dispendiosa e molto pesante fisicamente, ma che mi fece stare bene molto a lungo tant'è che decisi di fare un secondo figlio.

****

Smisi nuovamente le medicine e rimasi incinta quasi subito.

Questa gravidanza purtroppo non andò bene come la prima.

Dopo i primi tre mesi, cominciai ad avere nuovamente fortissimi attacchi di panico.

Certo ora li sapevo gestire ma, Avvocato, le assicuro che avere un attacco di panico, in chissà quale luogo o momento, incinta e con un bambino di tre anni da accudire è veramente dura.

Mi venne una macabra ossessione: quella di morire improvvisamente dentro casa con il mio piccolo accanto che sarebbe rimasto solo per più giorni sino al ritorno del padre.

L'immagine di mio figlio piangente sdraiato sul mio corpo privo di vita mi angosciava. Cominciai a non mangiare e a non dormire ma dovevo pensare al figlio che portavo in grembo e presi coraggio e raccontai cosa mi stava succedendo e chiesi aiuto alla mia più vecchia amica compagna di banco al liceo, per me una sorella acquisita, Carla.

La chiamai e le raccontai tutto e lei fu splendida e riuscì a rasserenarmi promettendomi che mi avrebbe telefonato tutti i giorni alle 8 del mattino e alle 20 di sera.

Nel caso in cui non avessi risposto sarebbe intervenuta immediatamente. E così fece, senza mai saltare un appuntamento.

Ciò salvò letteralmente la mia gravidanza anche se continuavano a venirmi attacchi di panico, più o meno gravi.

Finalmente il tempo passò e io mi recai in ospedale il giorno stabilito per il cesareo. Ero fisicamente e mentalmente provata e, ovviamente mi venne l'ossessione di morire e di non poter vedere più i miei figli. Addirittura, mi nascosi dai medici e dalle infermiere con la seria intenzione di scappare.

Mi vennero a chiamare proprio mentre tentavo di uscire e mi portarono in camera operatoria ove la mia ossessione non solo non si placò ma divenne così forte che cominciava ad essere un problema per i dottori che non riuscivano a tenermi ferma durante l'intervento, mentre continuavo a ripetere che stavo per morire, per placarmi un po' acconsentirono che un'infermiera stesse seduta vicino a me così che io avessi potuto dettare il mio testamento morale riguardante il futuro dei miei figli.

La prego di non ridere Avvocato, non stavo bene e non riuscivo più a controllare la parte razionale di me e di lì a poco sarebbe nato un bambino che sarebbe dipeso solo da me in tutto e per tutto.

Quando me lo fecero vedere e baciare mi tranquillizzai. Era così piccolo, cosi bruttino e con la cresta. Lo amai immediatamente e cercai di riposare un po' la mente per essere più tranquilla per lui.

Purtroppo non ce la feci. Non sentivo le gambe per via della epidurale ma il mio corpo tremava e non riuscivano a farmi allattare.

Ho tremato tutta la notte chiedendo aiuto alle infermiere di turno che alla fine mi diedero un calmante.

La mattina successiva chiamai il mio psichiatra e gli raccontai tutto e ci trovammo d'accordo nella decisione di riprendere immediatamente le mie medicine.

Per i primi dieci giorni andai a casa dei miei genitori e dato che stavo sempre meglio tornai a casa mia.

Nei giorni che seguirono mi sentivo meglio, anzi, benissimo. Non mi accorgevo di essere iperattiva.

Dopo la poppata delle sei mi mettevo a pulire tutta casa e a fare ginnastica, cantando e ballando, per poi preparare i miei figli per portarli a fare una passeggiata. Ero felice, strafelice. Amavo la mia vita, mio marito e i miei figli.

Avrei dovuto intuire che il crollo fosse vicino.

Difatti, durante una passeggiata cominciai a sentirmi un po' stanca e decisi di fermarmi a casa dei miei.

Gli chiesi se avessero potuto guardare i miei figli mentre io avrei approfittato per un sonnellino e così feci.

Dopo un'oretta di sonno mi svegliai di soprassalto ero tutta sudata e... nooo... un'altra volta... ancora una volta tutto era diventato in bianco e nero; un'altra volta impaurita, terrorizzata, avevo ricominciato a vedere in bianco e nero. Urlai, chiamai mia madre ma non mi rispondeva. Urlai ancora e sentii la voce della mia nipotina Dadà che mi chiamava. Aveva nove anni all'epoca e stava facendo da baby setter al suo piccolo cuginetto di un mese attenta che non si svegliasse nella culla mentre giocava con il grande di tre anni e mezzo...

Avrei voluto darmi un po' di contegno ma ero invasa dalla paura e dal nero di ciò che vedevo.

Mi sdraiai sul divano, urlavo, piangevo con mia nipote Dadà che cercava di capire. Sempre urlando la supplicai di telefonare alla mia amica Carla cosa che fece con estrema calma per poi venire vicino a me con i miei figli di cui continuava ad occuparsi. Io continuavo a piangere e a disperarmi guardando con invidia la tranquillità di quella formidabile bambina di nove anni, sino a che arrivò la mia amica.

Ancora adesso ogni tanto mi chiede: "Zia ma ti ricordi quella volta che urlavi, che mi lasciarono fare da baby setter a tuo figlio appena nato, e io ti salvai telefonando alla tua amica?".

"Sì amore me lo ricordo ancora, non me lo potrò mai scordare. Mi hai salvato, e ora sai da cosa".

Un'altra volta, stava succedendo tutto un'altra volta e non sapevo come fermare tutto.

L'iperattività, le ossessioni, il vedere tutto in bianco e nero... il male oscuro si era di nuovo impossessato di me.

Ero disperata. Avevo un neonato da accudire, un bambino di tre anni da gestire e la mia mente urlava di dolore.

Ero bloccata, mi ero sdraiata sul letto e divenni come paralizzata. Non riuscivo neanche ad alzare un braccio.

Ed eccola la mia più grande paura, la spada di damocle di tutte le puerpere, la nemica della felicità... la depressione post partum. S'insinua piano piano nella mente sino a quando il bambino diventa il capro espiatorio di tutti i tuoi mali e di tutti i tuoi malesseri.

È incredibile a dirlo, impossibile a farlo, ma c'è chi lo fa. C'è chi riesce a far del male al proprio bambino per salvare se stessa.

Io non lo so. So solo che non riuscivo a muovermi, come se la mia mente impedisse al corpo di fare qualsiasi gesto, di commettere qualsiasi cosa.

Il dottore mi prescrisse immediatamente la cura endovena e chiese a mia madre di occuparsi lei del neonato dicendo che a breve sarei stata in grado di farlo io.

Immobile sul letto sentivo i miei figli vivere senza di me. Non potevo fare niente per loro, non ero in grado; la mia paura più grande si era trasformata in realtà.

Era troppo per me, troppa felicità, dovevo essere punita. E così era giusto che io restassi immobile senza poter accudire i miei figli.

E poi c'era la lavatrice.

Mio Dio che ossessione per me, immagine realistica della mia incapacità.

Il giorno in cui mi sentii male prima di uscire di casa avevo messo tutti i piccoli body a lavare e avevo bloccato la lavatrice per farli stare in ammollo con l'ammorbidente. Poi mi sentii male e la lavatrice rimase così per giorni.

Tutte le notti continuavo a sognare la lavatrice con dentro i body, ma l'acqua, lasciata lì senza cura, era diventata stagnante e li stava logorando tutti, e mio figlio sarebbe rimasto senza nulla, ed io ero talmente incapace che non riuscivo nemmeno ad aprire un semplice elettrodomestico.

Un'altra notte sognai che l'acqua usciva dalla lavatrice inondando tutta la casa e lasciando i body a coprirsi di muffa.

Fortunatamente reagii bene alla cura e dopo pochi giorni cominciai a stare meglio e a potermi occupare dei miei figli anche se il rientro a casa fu durissimo.

Quando sento di neomamme, abbandonate a se stesse, che commettono delitti sui propri figli mi viene un nodo in gola e ripenso a quanto mi è accaduto e, paradossalmente, alla fortuna di essere già stata malata ed essere già in cura da uno psichiatra così da aver avuto la possibilità di curarmi immediatamente.

Sì, in questo sono stata fortunata.

****

Lo sognavo spesso, senza che avesse un volto né un sesso. Ma un giorno accadde un fatto meraviglioso.

Sognai di parlare con lui, ancora sorrido al pensiero perché fu bellissimo.

Nel sogno lui mi chiese un favore con delle indicazioni ben specifiche. Disse "mamma perché non ti vai a fare un tatuaggio sul polso della mano con le iniziali di noi tre figli? Sarebbe bello".

Noi tre figli, noi tre figli, noi tre figli, ancora ripetilo, mi piace è bellissimo sentirlo, noi tre figli.

La mattina mi svegliai e non ricordai nulla del sogno. Andai in palestra che era stranamente vuota. Ad un certo punto entrò un ragazzo mai visto e si mise alla bicicletta vicino alla mia. Era completamente ricoperto di bellissimi tatuaggi dal collo alle caviglie e gli chiesi come mai gli piacessero tanto. Lui mi rispose che era un tatuatore. Appena mi disse la sua professione mi ricordai immediatamente del mio sogno... il tatuaggio.

Ma come era possibile? Cosa stava accadendo? Il mio bambino viveva veramente dentro di me e faceva capitare le cose.

L'ulteriore stranezza era che il ragazzo aveva pressappoco l'età che avrebbe dovuto avere mio figlio. E allora chiusi gli occhi e per un piccolo istante m'illusi di parlare con lui.

Dopo tre giorni, avevo sul polso un bellissimo tatuaggio con le iniziali dei miei due figli e un piccolo cuoricino.

Già un piccolo cuoricino rosso che è tutto quel che so di te e che pulsa nel mio cuore.

****

Sono una moglie, madre di due stupendi figli, ho un lavoro di responsabilità e sono bipolare - maniaco depressiva.

Per quanto riguarda il lavoro riuscivo a gestirlo con qualche aiuto dei colleghi, ma il vero problema rimaneva la vita in genere. Il problema è che dovevo capire come stare bene e gestire due figli.

Ciò che mi caratterizza maggiormente è un'estrema solitudine morale e materiale.

Eravamo un tutt'uno, io, i miei figli, il pensiero di colui che non ho avuto e la mia malattia.

Malgrado la gioia delle maternità, malgrado prendessi le

medicine, tutto ricominciò: le fasi altalenanti di maniacalità, rabbia e depressione.

I miei bambini erano abituati o a fare mille cose in un giorno oppure a vedermi piangere tutto il tempo il giorno dopo.

La forza dell'essere madre non m'impediva di stare male ma mi graziava nel senso che riuscivo a resistere prima di lasciarmi andare sino a quando mio marito fosse tornato a casa.

La mia paura più grande in quegli anni era quella di morire nel sonno e lasciare i miei due figli chissà per quanto tempo soli accanto al mio corpo.

Cominciava sempre tutto dal risveglio mattutino... apri gli occhi e se ti arriva un calcio in faccia e se il tuo stomaco si sta aggrovigliando con del fil di ferro, allora hai la sicurezza che il male è tornato.

E quindi chiudi gli occhi di nuovo per cadere in catalessi perché almeno dormendo non provi dolore. Riuscivo a dormire anche per tre giorni consecutivi e quando mi risvegliavo piano piano tornavo a faticosamente a vivere.

Sono certa che sia stato il Signore a far sì che tali attacchi mi prendessero quasi esclusivamente quando mio marito fosse a casa e poteva occuparsi dei bambini.

Ma nulla potevo contro il mondo in bianco e nero e contro l'angoscia che s'impossessava della mia mente e del mio corpo. Non potevo che aspettare che qualcuno si occupasse dei miei figli per chiudere gli occhi e lasciarmi andare nell'oblio, sempre sperando che fosse per l'ultima volta, in un senso o nell'altro.

E che vergogna risvegliarsi dopo quarantotto/trentasei ore, non capire cosa fosse successo e che giorno fosse; che vergogna farsi vedere dai propri figli di nuovo in piedi ma con nulla di nuovo da comunicare.

Ma la vergogna più grande rimane nascosta nella stanza da letto, dove sono evidenti i segni dell'ultimo sonno delirante: resti di cibo che non ricordo di aver mangiato appoggiati ovunque, bottiglie d'acqua lanciate in aria, fazzoletti e carta igienica appallottolata quasi a formare una composizione.

Ma chiedere aiuto purtroppo non potevo. Nella mia malattia ero sola. Nessuno capisce. Nessuno comprende.

Per spiegare ai miei figli il perché dormissi tanto raccontai loro che avevo la "malattia del sonno" e che questa malattia, pur non essendo affatto pericolosa, mi costringeva a dormire anche giornate intere.

Ciò che mi angosciava più di tutto era il senso di solitudine che provavo ogni momento. Stavo molto spesso sola con i miei bambini, considerato il lavoro di mio marito, e a volte mi svegliavo in preda al panico. La paura di non farcela fisicamente e mentalmente e il desiderio, come sempre d'altronde, di una carezza di comprensione e, perché no, d'incoraggiamento, m'invadeva interamente.

Non sono mai riuscita a comprendere cos'è che mi causa il crollo ma, purtroppo, so solo che più passa il tempo, più i miei figli diventano grandi, più spesso io non ce la faccio.

Cosa mi provoca il malessere? Cosa ferisce la mia mente? Per vari, troppi, motivi. Si ammala principalmente se trattata male da persone a cui voglio bene, o da una notizia nefasta o, più semplicemente dagli orrori del mondo. Ma anche dalla stanchezza fisica. Prima mi sfogavo urlando come una pazza per poi cadere in uno stato depressivo; ora non urlo nemmeno più.

Non ho modo di mettermi a riparo.

In ogni caso ciò che in assoluto più mi fa male è quando qualcuno usa la mia malattia per offendermi.

Non so Avvocato se riesce a comprendere la mia sofferenza per tutto ciò ma soprattutto la sofferenza di poter essere sempre giudicata una pazza e la mia paura di essere veramente pazza.

È inutile prendersi in giro. Ogni volta che capita che urlo senza controllo ho paura di essere pazza; ogni volta che mi ripiego su me stessa per scomparire ho paura di essere pazza; ogni volta che soffro senza limiti ho paura di essere pazza; ogni volta che mi viene un attacco di panico e ho paura di tutto e che tutto mi mette paura ho paura di essere pazza.

Sono attimi. Più o meno lunghi. Ma sono attimi.

Le medicine sicuramente mi portano ad avere una stanchezza fisica cronica e a non poter vivere una vita del tutto normale.

La mattina se non faccio un po' di movimento fisico la mia mente non si sveglia e rimango intontita tutto il giorno e questa cosa mi dà veramente fastidio.

Mi tremano le mani e quando capita che qualcuno se ne accorge io nego. Sono venti anni che non bevo una birra o un po' di vino, e a me piaceva molto. Non posso mangiare nulla perché divento obesa in un attimo.

Quando mi preparo per un viaggio ovviamente le prime cose a cui penso sono le medicine soprattutto perché il regolatore dell'umore da me usato non è venduto in Italia. Ho talmente paura di scordamele che le metto ovunque… nella mia valigia e in quella dei ragazzi, nel beauty case e nella borsa a mano. Mi sento una tossica a contare una ad una le pillole che mi occorrono.

E quante volte mi hanno detto che sono una tossica.

Ma il grande problema è quello della sera.

Ormai è così: alle 19,00, ovunque mi trovi e qualsiasi cosa stia facendo, la mia mente si spegne così come il mio corpo. Devo andare a dormire e non c'è nulla che mi possa aiutare.

Immagini quindi quanto sia problematica per me l'ora della cena. Che fatica per me è stata ed è preparare da mangiare e tutte le cose per il giorno dopo. A volte mi sento talmente stanca che piango come una bimba.

Sono più di cinque anni che non esco a cena con qualcuno se non le cene per i bimbi che iniziavano alle 19. Anzi no, sono uscita con un amico un anno fa e mi sono addormentata con la testa sul muro del locale.

Se invece dovessi uscire e fare tardi divento ipereccitata, come i bambini, per poi stare due giorni male.

E come fare nei confronti di chi ti chiede ripetutamente di uscire la sera e tu gli spieghi perché non puoi e loro, con la faccia di chi ha capito tutto, ti chiedono "perché non cambi dottore".

Una cosa però le voglio specificare caro avvocato e cioè che ogni volta che c'è stato bisogno di essere completamente presente a me stessa per tutelare i miei figli, mio marito, la mia famiglia di origine o un amico, sono stata sempre in grado di fare tutto in maniera egregia e senza limiti di tempo o di orario.

La solitudine è la mia vera compagna di vita.

È dentro di me. A volte penso che se dovessero farmi una tac virtuale oltre a trovare la sede dell'amore per i miei figli troverebbero tutto materiale nero, senza forma, sì perché la solitudine è nera, vischiosa e si espande ovunque.

Vivere così è molto faticoso. È come stare su una montagna russa che non si ferma mai.

Nell'arco della stessa giornata è un continuo turbinio di sentimenti e sensazioni che mi stremano e mi fanno arrivare alla fine della giornata senza forze.

Arrivare al momento di andare a dormire è per me ogni giorno lo scopo da perseguire. Sono così esausta di fare, pensare, gioire, soffrire... e di nuovo fare, pensare, gioire, soffrire e soffrire e ancora soffrire.

Provare così tante emozioni che si modificano repentinamente è estenuante, come è estenuante vivere con la continua paura di ricadere nel tunnel.

Sono così fragile. E sola.

Chissà forse adesso i miei figli potrebbero capire perché hanno visto la loro madre piangere così tante volte e molte senza alcuna ragione visibile ma per me è veramente difficile gestire tutte queste emozioni.

Un nonnulla mi spegne e mi atterra senza che io possa farci niente. E poi io mi innamoro delle persone, le mitizzo, divento loro schiava e poi, niente, finito il loro interesse personale, non servo più a nulla.

Lo so che è così ma ci ricasco sempre.

Odio quelle persone che mi dicono '...e vabbè pensa a chi sta male veramente, ai bambini che soffrono...' Sì...sì, ci penso e sto male anche per loro, non vi preoccupate sto male per tutti e per tutto.

Non per niente lo chiamano il male oscuro.

Ed è faticoso vivere sperando d'incontrare un amico che finalmente capisca ciò che provo. Sì perché io non mi voglio arrendere, ho bisogno dell'empatia altrui, ho bisogno di sentirmi protetta ma ogni volta che mi sembra di aver trovato chi mi potesse amare per come sono fatta e che mi potesse comprendere e salutare con una carezza si trasforma poco dopo in un bluff. Pare sia impossibile. Ogni volta che mi sembra di poter riposare accanto a qualcuno che mi tenga per mano vengo abbandonata perché a quanto pare è faticoso comprendere e dare carezze mentre è molto più facile girarsi dall'altra parte e andare via.

E poi ci sono le Estati. Che fatica rimanere in piedi.

Sono venti anni che per me l'arrivo della stagione estiva è diventata un incubo. Non ho mai voluto approfondire cosa il caldo scateni nella mia testa e nel mio fisico perché non voglio farmi influenzare ma soccombo sempre più spesso.

Il sole, l'afa, le giornate così lunghe mi annientano. Il cicalio continuo a volte mi penetra così violentemente nella testa che perdo il senso dell'orientamento e mi devo sdraiare.

Mi devo difendere da emozioni troppo forti che mi fanno sempre più male.

Le persone mi fanno male, anzi, più precisamente mi fa male il voler apparire delle persone. I vestiti esagerati, il divertimento sfrontato, il fare solo per dire.

Non è che io non mi sappia divertire, anzi, solitamente sono al centro dell'attenzione e riesco a divertire gli altri ma, purtroppo, anche ciò mi fa male perché mi esalto troppo e il sottile equilibrio della mente viene meno ed è certo che di lì a poco mi si ripresenterà il baratro.

Ed è per questo motivo che la mia vita e, soprattutto le mie estati stanno diventando sempre più solitarie, angosciose e, soprattutto, silenziose.

In realtà le vivo quasi isolata dagli altri conducendo una vita con i ritmi di un bambino di sei anni. Sono così fragile che devo stare attenta anche a non ridere troppo e devo cercare di mantenere solido un equilibrio che non ho.

Sì, si può vivere nella solitudine ma non felicemente.

Eppure quanto mi piacerebbe essere una donna elegante che si fa forza del proprio fascino ed equilibrio, che espone le proprie opinioni con naturalezza e un po' di mistero. Quanto mi manca una vita normale e ancor di più mi mancano le mie amicizie, quelle di prima della malattia, quelle che ancora non mi avevano ignorato e deluso.

E invece no. Sono esagerata. Se rido rido troppo, se piango piango troppo. E non mi piaccio e vorrei che la mia testa si zittisse e mi lasciasse vivere con naturalezza e non più con questi continui eccessi.

Per non dimenticare le continue diete a cui devo sottomettermi perché nella fase maniacale riesco a ingurgitare più dolci di un'intera scolaresca di prima elementare.

Non riesco, giuro non riesco a limitarmi. Devo, e ripeto, devo ingoiare tutto ciò che trovo di dolce. Sono capace di uscire alle tre di notte per comprarmi un chilo di gelato e mangiarlo tutto in venti minuti.

Ora i miei figli sono adolescenti e non so cosa pensino della mia malattia che per loro è ancora la "malattia del sonno" come dissi loro quando erano piccoli. Ho paura di parlare di questo anzi sono loro che non vogliono approfondire l'argomento.

Ed ecco perché ho voluto scriverle e spiegare tutto.

Per loro.

Per sottopormi alla gogna pubblica sperando di ottenere il loro perdono per tutto ciò che ho fatto ovvero non ho fatto.

Penso che i miei figli abbiano diritto di capire il perché hanno una madre da molti definita strana, da altri geniale e da altri ancora pazza.

Vorrei che capissero che quella donna che organizzava continuamente eventi per farli divertire, che organizzava pigiama party con più di venti bambini a dormire, che li portava in giro per gelaterie di tutta Roma e partiva per andare ovunque in due minuti senza problemi facendogli portare con sé tutti gli amici che volessero, quella mamma che riusciva ad organizzare un pic nic a Londra sul prato del Museo delle scienze con tanto di torta con le candeline, vorrei che capissero che è la stessa donna che è in grado di piangere tutto il giorno e che a volte si chiude in camera a dormire per più giorni.

Trovo rifugio nel sonno.

Dopo aver deluso tutta la mia famiglia d'origine perché da ragazza promettente quale ero sono diventata così fragile, vorrei che almeno i miei figli capissero la fatica che ho fatto per combattere giornalmente contro il mio malessere, non lasciandomi andare all'oblio a volte tanto amato e sperato e che ciò l'ho fatto solo esclusivamente per loro che vorrei sempre vedere felici.

Sì, il mio unico scopo è quello di riuscire a fare dei miei figli persone felici. Per questo non ho voluto perdere un attimo della loro crescita, per questo sono sempre presenti ad eventi che li riguarda, li scruto, li osservo, li interrogo perché spero di non trovare in loro niente di me e nel caso poter intervenire immediatamente.

Li vorrei felici. Solo questo. Felici.

****

Avvocato, Le ho dato l'autorizzazione a rendere pubblico questo mio scritto perché penso che raccontando quanto mi è accaduto io possa aiutare altre persone a non cadere nel baratro. E soprattutto vorrei che si capisse che si può stare male anche in modi diversi da quelli convenzionali e che la vita ti può fare affrontare dinamiche che potrebbero farti soffrire .

Un male diverso, che non ti fa vivere ma che si può curare.

Vorrei far capire a chi, per qualsiasi motivo, stia passando un brutto periodo che c'è una possibilità di stare meglio.

Le ho scritto tutto quello che pensavo fosse necessario.

Ora vado a dormire un po' perché sono stanca così stanca che mi si chiudono gli occhi. Vado a dormire nella speranza di far riposare la mia anima... per un minuto..., per un'ora o all'infinito... per quanto sarà necessario.

Arrivederci caro Avvocato, a presto.
Margherita

PARTE II

Ero rimasta a leggere quanto scritto da Margherita per tutta la serata e parte della notte.

Lo ammetto, avevo pianto. L'idea che una persona potesse soffrire così mi diede un grande dispiacere. Dispiacere e, al contempo, paura perché potrebbe capitare a chiunque. Non basta la ratio alla quale mi piace tanto appellarmi, non basta l'accortezza del buon padre di famiglia, che il diritto tanto richiama.

Le ragioni per arrivare alla depressione possono essere varie e non necessariamente tragiche. Si può subire un trauma che non si riesce a gestire, anche una semplice bocciatura, il non sentirsi adeguati, a causa dell'allontanamento di una persona cara, per aver commesso un errore doloroso, senza parlare delle mille frustrazioni sociali...

Come madre il mio pensiero và necessariamente ai nostri figli che non hanno una collocazione definita nel mondo e che sembra non la possano avere.

In particolare il mio pensiero va ai nostri ragazzi immersi in un mondo mediatico che li bombarda continuamente sulla mancanza di possibilità per i giovani di emergere.

Voi che state crescendo sentendo ogni giorno parlare di quante poche possibilità ci siano per i giovani, sottomessi alla pressione di fare di corsa e uccisi dalla competitività già negli anni dello studio... mentre le paure e le insicurezze aumentano. Già da giovanissimi siete costretti a pensare a titoli, crediti, ammissioni, test, e costretti a decidere anzitempo specializzazioni sempre più precise per posti di lavori che probabilmente non ci saranno mai.

I nostri figli che sperano, che devono vincere la paura e la competitività già da troppo giovani.

Tutto questo è stressante e può portare a stare male. È incredibile vedere con quanta semplicità e velocità ora si può annientare una vita.

E comprendo la volontà di Margherita di raccontare e rendere pubblica la sua storia di depressione affinché si cominci a capire la necessità di tutelare la propria anima e la propria mente, che sembrano essere due entità distinte ma che al contrario sono complementari l'una all'altra, quasi indistinguibili.

È facile soffrire, è facile subire un trauma, che può essere qualsiasi evento che colpisce un individuo nel profondo, stravolgendone le certezze e il senso di sicurezza, di controllo sulla propria vita.

Margherita vuol farvi capire che da soli il tunnel può essere così profondo da spaventare definitivamente ma anche che a volte il solo miraggio di una possibilità può comportare, in una persona che soffre, la voglia di resistere ancora una volta.

E questa possibilità siete voi, l'uno per l'altro.

Non perdetevi di vista voi amici, voi familiari, voi compagni di studio, voi che vi volete bene.

Non vergognatevi a mostrarvi insicuri e sofferenti. Chiedete aiuto a squarciagola, pretendete di non dormire da soli, fatevi cullare e portare per mano finché ne sentite il bisogno, fatevi dare le carezze.

Ma, soprattutto, se necessario, rivolgetevi ad un professionista, affidatevi e credete nella possibilità di essere curati... e piano piano andrà tutto bene.

Curate la vostra mente, non alteratela con nessun tipo di sostanza, cercate la serenità della vostra anima così da poter avere una vita bellissima.

Non abbiate paura di chiedere aiuto... non è segno di debolezza, bensì di astuzia e coraggio. 'Non fate come me' sembra gridare Margherita 'non isolatevi, non scappate e soprattutto non alterate la vostra mente'.

EPILOGO

Leggere quanto scritto da Margherita mi ha confermato di aver fatto la scelta giusta di accettarla come mia assistita.

Sono profondamente onorata che abbia scelto me tra tantissimi e che mi abbia dato la possibilità di entrare nel suo intimo leggendo quanto da lei scritto.

Sono pronta per confortarla in tutte le sue paure.

Sarò il suo difensore nel caso in cui qualcuno, per qualsiasi motivo, volesse limitare la sua capacità giuridica ma, soprattutto, sarò onorata e lieta di conoscere i suoi figli ai quali parlerò come se fossero figli miei.

- Indice -

Albatros